Opal
オパール文庫

那智夫婦の愛は尊い
敏腕ドクターは幼なじみな妻に夢中

御堂志生

プランタン出版

※本作品の内容はすべてフィクションです。

プロローグ

「おめでとうございまーす！　男の子ですよ～」

静香《しずか》はできるだけ大きく、弾むような声で赤ちゃんの誕生を告げる。

それは、すべての母親が母親の顔になる瞬間だ。

傍らに立つ父親も、大きな安堵と同じだけ大きな戸惑いの表情を浮かべつつ、父親への第一歩を踏み出す瞬間。

——何ごともなく、当たり前の顔をして、そのときを迎えられますように——。

それは、助産師になって八年目の静香が、最初のひとりを取り上げたときから、尽きることのない願いである。

「お疲れ様でーす、水元《みずもと》先輩」

語尾にハートマークをつけたような、可愛らしいアニメ声が聞こえてきた。

水元静香が振り返ると、そこに立っていたのは、今年の春に助産師として採用されたばかりの後輩、綾川《あやかわ》里奈《りな》だった。

静香より五歳下だが、身長は五センチほど高い。にもかかわらず、体重は同じと聞き、かなりショックだったことを覚えている。そして、アニメヒロインっぽいキュートな声に反して容姿は綺麗系。本人曰く、そのギャップのおかげで彼氏は一ヵ月と切らしたことがない、という話だ。仕事中はきっちり三つ編みにくくった髪も、プライベートでほどくといい感じに癖がついている。パッと見は人気のゆるふわの巻き髪に見え、それもモテる要素のひとつだろう。

(あちこちお手入れして、綺麗にしてるもんなぁ。わたしなんか、エステも美容室もとんとご無沙汰だし、髪もお団子ばっかり)

静香は苦笑いを浮かべつつ、

「お疲れー。零時まででで三人かぁ。最後の杉本《すぎもと》さん、明日いっぱいかかるかもって思ってたのに、進み始めると早かったね」

「ですよねぇ。あっという間に全開まで進んじゃうなんて、教科書どおりにはいかないもんだって、またひとつ勉強になりました」

里奈は深夜にもかかわらず、声を上げて笑っている。

「ホントにね。予定どおりならここまでだけど、今夜は満月だからね。まだ、入りそうな予感がする」

「ベテラン助産師の予言ですね！」

「いやいや、まだ中堅だから……あ、そうだ。こっちのお産が立て込んでたから、しっかり聞いてないんだけど、妊婦さんが救急搬送されたって？　佐々倉《ささくら》先生、緊急帝王切開《カイザー》に入ったばかりだったでしょう？　大丈夫だったのかな……。綾川、なんか聞いてる？」

産科に在籍する医師は、併任や非常勤を合わせて二十人。昼間はそこそこの数の医師が揃うが、夜間勤務に対応するのは約半数。そのため、今夜の夜勤は佐々倉ひとりだ。

緊急時にはオンコール待機中の医師が電話一本で駆けつけてくる。とはいえ、救急搬送となると一分一秒を争う事態だろう。

もちろん、受け入れ態勢が整っているからこそ、搬送されたのは間違いないが……。

「あ、ちょっとだけ聞きました。佐々倉先生が、退勤直前の那智《なち》先生を捕まえて頼み込んだそうです」

「え？　那智……先生？」

「はい。でも、こういうときに捕まるのって、決まって那智先生ですよねぇ。若いのに腕がいいって評判だし、ナースや助産師を見下したりしないし、なんたってイケメンだし。

一番人気のドクターなんですけどぉ」

「けど、何?」

「産科のドクターって、夜勤もオンコールも半端ないじゃないですか。中でも、出勤して那智先生を見ない日ってないですから。いくらイケメンでも、あそこまで仕事熱心なのは、ちょっとパスですねぇ」

「ははは……まあ、そうだよね」

静香は強引に笑顔を返したのだった。


里奈と別れ、静香は産科職員用の休憩室へと向かう。

休憩室の奥には仮眠室がある。産科は半分が女性医師ということもあり、また、助産師も同じ仮眠室を使うため、すべて鍵付きの個室になっていた。

休憩室に足を踏み入れつつ、静香はある人の名をささやく。

「那智……先生」

那智藤臣《ふじおみ》——ここではフェローと呼ばれる、六年目の産科医だ。

彼は同世代の医師の中でトップクラスの腕を持つ、まさに、若手のホープと呼ばれる存在。

だが、静香にとってはそれだけの存在ではなく――。

「なーち、いないの？　いないかぁ……まだ、終わってないのかなぁ」

誰もいないのをいいことに、静香はちょっと柔らかい声で彼の名を呼んだ。

仮眠室は三つ。どこも三畳程度のスペースしかなく、ベッドと簡易デスクがあるだけだった。そこをひと部屋ずつ覗いて回ったあと、静香は休憩室のソファの背に腰かけ、ほうっとため息をつく。

ただ、悲しいかな一五五センチに若干足りない身長では、つま先立ちになっても上手くお尻が乗っからず……。

バランスを崩して倒れそうになる。

「はいはい、どうせチビの短足ですよ」

ひとりごちながら、誰もいないよね、と辺りを見回した。

気持ちを切り替えるため、勢いをつけるように太ももをパンパンと叩き、休憩室から出て行こうとしたときだった。

ふいに、誰かの手が静香のウエストに回された。

「へ？」

そのまま、強い力で引っ張られる。

「いや、いや、いや……ちょっと、待ってよ！」

びっくりして逃れようともがくが……。

一気にソファの上に転がされ、押さえ込まれた。

「俺になんか用？」

涼やかな奥二重の双眸が、至近距離で彼女を覗き込んでいた。

そのまま、薄い唇がゆっくり動く。

「答えろよ、水元。おまえが探していたのは産科のドクターか？　それとも」

聞き慣れた声なのに、薄闇の中でささやかれたら……まるで、生チョコを口に含んだように甘ったるい。

「どっちも、かな」

切りっ放しのシンプルショート。クセのない顔立ちと同じく、髪も真っ直ぐだ。ただ、うつむいているせいか、前髪が額に落ちてきていた。

「どっちも？」

「そう。家に帰れるのは三日ぶりでしょう？　それなのに、また捕まって、救急搬送の妊婦さんを診ることになったって聞いて。でも、今ここにいるってことは……」

静香はソッと手を伸ばし、彼の前髪を払う。

その瞬間、漆黒の瞳に浮かぶ哀しみの色に気づいた。

「なんかあった？」

「常位胎盤早期剝離《ソウハク》で……重症だったから、お母さんを助けるのが精いっぱいだった」

ソウハクの言葉に静香はゾッとする。

常位胎盤早期剝離で重症ということは、胎児死亡率は五割前後。それは、搬送時にはすでに胎児は死亡していた可能性が高い。その場合、母体の死亡率もグンと跳ね上がってしまうのだ。

「子宮は？　全摘？」

すべては、生きていればこそ、だと思う。

だが、お腹の子どもに死なれただけでなく、子宮も摘出し、次に子どもを産む機会すら失ったとなると、どんな慰めを言われても空しいだけだ。

（おめでとうって言えないお産は……ホントーにつらい）

胸が詰まって、静香はクッと唇を嚙みしめた。

「いや、なんとか残せた。次に妊娠したときは管理入院が必要になるだろうけど、たぶん、大丈夫だ」

藤臣の返事に、胸の重石がほんの少し軽くなる。

静香は大きく息を吐くと、

「そっか。お疲れ様でした、那智先生」

彼の髪をクシャクシャしながら、ちょっとだけ乱暴に撫でる。

するとと、藤臣はいきなり、彼女の肩口に突っ伏すようにして顔を伏せた。

「俺も言いたいな……失敗しないので、とか」

「なーに言ってるの。ドラマじゃないんだから、ドクターが失敗しなくても、助けられない命はある！　っていうか、そもそも、那智は失敗したことなんかないでしょ」

「……おう」

今度は子どもを慰めるように、静香は彼の頭を優しく撫でた。

直後、藤臣の唇が彼女の首筋に触れ——。

チュッと音を立てて吸いついたあと、舌先でペロッと舐める。そのまま、ヌメリのある肉厚な舌が首筋を這い上がっていった。

「ちょ、ちょっと、那智？　何、してるのかな？」

「ん、水元の元気をもらおうかな、と」

そんなことを言いながら、手はピンク色のユニフォームの上から、胸を揉み始めている。

「こらこら、ここって休憩室だよ。せめて、仮眠室で鍵をかけてからじゃないと」

自分で自分の言葉に、

（いやいや、仮眠室でもダメだから）

心の中で突っ込みを入れつつ、それでも、本気で落ち込んだ様子の藤臣を、全力で押しのけることはできそうになかった。

「本当にちょっとだけだから……母体の様子が気になって、家には帰れないし……ここを出たら、ちゃんとドクターの顔に戻るから」

いつも飄々としている彼が、子犬のように潤んだ瞳でみつめている。

(弱いんだよねぇ、この目に)

「ちょっとだけ、だからね」

掠れる声で応じた瞬間、その声を遮るように、熱い唇を押し当てられた。

助産師用のユニフォームは上下ともピンクだ。そのピンク色のスクラブパンツのウエスト部分がゴムなのをいいことに、彼はスルッと手を滑り込ませてくる。

「キ、キスだけじゃ、ない……ん、んん、んっ⁉」

キスだけだと思っていた静香が抗議の声を上げようとしたとき、温かい手が下腹部をそろりと撫でた。

そのままショーツの中へと入り込み、瞬く間に彼女の一番弱い部分を探し当てる。

敏感な突起をピンと弾かれ、

「やっ、あ……そこ、ダメ、やぁんっ」

「こんな時間、わざわざこんな遠くの休憩室まで来る奴はいないと思うけど、でも、大きな声は我慢な」

空いた手で胸を揉みつつ、余裕綽々の声でささやく。

（なんか、悔しい。でも、こういうときの那智って、けっこう落ち込んでるんだよね）

難しい手術のあとだけじゃない。嫌なこと、つらいことがあったとき、彼はことさら静香を求めてくる。世間一般の男性がそうなのか、あるいは藤臣だけかもしれない。だが、彼とは長い付き合いなので、肌に触れる指先から伝わってくるのだ。

「で、でも、さ、佐々倉、先生が、仮眠に来るかもっ」

「それは無理。先に俺が戻らなきゃ」

たしかにそうだ。

いくら手が空いたからといっても、手術直後の患者を残して、佐々倉がスタッフ詰所から離れるわけがない。

逆に緊急事態が発生すれば、藤臣のほうを呼びつけるだろう。

そんなことを考えている間にも、藤臣の指が繊細に動き、静香は易々と絶頂へ押し上げられそうになる。

そのときだった——。

ピーピーピー。

テーブルの上に置いた院内スマートフォンが、シンプルではあるが有無を言わさぬ呼び出し音を鳴らし始める。

藤臣は画面を一瞥すると、大きく息を吐いた。

「また救急だ。妊婦、三十二週。個人病院からの転送——」

そこまで言うと、彼は奪うような短くて激しいキスをした。

「行ってくる」

静香から離れた瞬間、彼の声色も表情も、ドクターのそれに変わっていた。

「待って！　わたしも一緒に行く」

慌てて乱れたユニフォームの前を整える。

すると、藤臣は彼女の耳たぶに唇を寄せた。

「ゴメン、おまえだけでも達《い》かせてやろうと思ってたのに。一緒に達くのは、また今度な」

「ちょっと、そっちのイクじゃないってば！」

静香は怒ったフリで彼の顔を見上げる。ほんの数分前に比べて、すっかり立ち直った顔つきだった。

「あーもう、わかった。わたしはいいから、ほら、さっさと行って」

彼は軽く手を上げ、休憩室から飛び出していく。

そんな藤臣の背中を見送りながら、

「さあ、もうひとふんばりしますか！」

静香は両頬をパシンと叩き、気合いを入れてソファから立ち上がった。

第一章　理想の旦那様

「……着いた」

自宅マンションのエントランスに立ち、カードキーを取り出しながら、静香はぐったりした声で呟いた。

マンションは六階建ての築二年。二年前に引っ越してきたので、新築で入居したことになる。

ここから彼女が勤めている国立総合周産期母子医療センターまで、バスで約二十分。マンションのすぐ傍を多摩《たま》川が流れ、対岸は神奈川《かながわ》県という立地だが、とりあえず二十三区内のオートロック付き新築マンション。しかもこの通勤時間は、かなり恵まれていると言っていいだろう。

まあ、センターで働くために選んだマンションなので、通勤が楽で当然といえば当然なのだが……。

――国立総合周産期母子医療センター。

ちょうど二年前に設立された。静香はオープニングスタッフのひとりだ。

ちなみに、国立と称してはいるが、実際のところは半官半民のスタイルを取っている。民間の二《に》ノ《の》宮《みや》医療福祉大学付属病院の敷地内に併設され、センターの理事の半数が付属病院の理事を兼任していた。

この半世紀、医師の総数は増加の一途を辿っている。

にもかかわらず、小児科や外科、そして産婦人科の医師数はあきらかに減っているのだ。それは社会的にも大きな問題だった。

産科医の場合、原因は複数あるが一番の理由は激務だと言われている。

予定日はあっても、全く予定どおりいかないのが出産というもの。当たり前のように拘束時間は長くなり、急な呼び出しも他の科の比ではない。産婦人科の医師を志した研修医が、先輩医師の激務を目の当たりにして、最終的には希望を変えてしまう、というケースも少なくない。

加えて、訴訟リスクの高さもある。

二十世紀半ばころの妊婦死亡数は年間四桁、それが二十一世紀になるころには二桁になった。劇的な減少率と言える。

その反面、現代でも年間数十人がお産で命を落としているのも事実。

人生の至福の真っ最中にすべてを失う。それは耐え難い悲しみだろう。その悲しみを怒りに変え、産科医に責任を追及したくなる気持ちもわからないではない。結果、産科医はそういったストレスを受け続けることになり、ついには産科からバーンアウトしてしまうのだ。残された医師たちはさらに負担を抱え込む羽目になり、耐えきれなくなった者がまた産科から去ってしまうという悪循環。

センターの設立は妊婦や赤ちゃんのためだけでなく、その悪循環を断ち切るという産科医たちの願いでもあった。

最先端の医療設備に加えて、付属病院との連携による医療体制の充実。

何より、周産期医療には欠かせないＮＩＣＵ――新生児集中治療室も都内最多の十八床を備え、ＧＣＵ――回復治療室も同じだけ用意されていた。

医師や看護師、助産師の負担軽減にも気を配られており、産科、婦人科、新生児科など、科ごとに独立した休憩室や仮眠室を設置してあるのもその一例だ。

夜勤の数も月四回を超えないようシフトは組まれているが……。

（まあ、頑張ってくれてるとは思うけどね。ただ、どうしても夜勤の頭数が足りないとき

は、当直って抜け道に頼っちゃってるからねぇ）

当直なら勤務時間にはカウントされない。限りなく黒に近いグレーというヤツである。改善を求める声はあるが、そこに目を瞑らないと成り立たないのが実状だった。

その辺りは、助産師も似たようなものである。

数ある国家資格の中で、性別が受験資格に書かれてあるのは助産師だけだ。

助産婦から助産師に名称が変更される際、男性の助産師を認めようという声も上がった。だが、様々な点から見送られたと聞く。

助産師は〝産婆さん〟の呼称からも、高齢女性が多いと思われている。しかし、実際は、病院で働く助産師は二十代が最も多いのだ。

後輩の里奈から『ベテラン』と呼ばれて否定したが、大学で看護師と助産師の資格を同時に取得し、以降、結婚や出産等で休むことなく第一線で働き続けている二十九歳の静香の場合、『ベテラン』と呼ばれてもおかしくはない年齢だった。

ただ、助産師の平均年齢が下がることは、決して良いこととは言い難い。

理由は産科医と同じだ。深夜勤務や拘束時間が多くなる、ということ。

医師のように事実上の拘束にも等しいオンコールはないが、それでもひとりのお産が長くなり、それが数人続くと、夜勤ではなく残業扱いで仮眠室に連泊――ということもままある。センターに常勤する助産師は十五人。少ない数ではないものの、家庭の事情に応じて昼勤のみといったシフトにも応じていた。働き方改革を率先して行っているわけだが、やはり一般企業と同じく、働ける人間へのしわ寄せは大きくなってしまう。

静香などは最低でも毎月六日の夜勤をこなしている。

どうしても回らないときは、付属病院の産婦人科に登録している非常勤の助産師を手配してもらう約束になっているが……。

それはあくまで建前というもの。

(センターと病院、両方の決裁がいるんだもんねぇ。提出する書類の形式も違うし、手間がかかって、それくらいなら自分がやっちゃったほうが早いっていうか)

官民協力とはいえ、病院側もセンターのために貴重な人材を回したくない、というのが本音なのだ。

昨夜も、里奈が言うところの『ベテラン助産師の予言』が当たってしまい、仮眠を取る間もないまま朝まで働いた。引き継ぎにも九時過ぎまでかかったため、すでに、時計の針は十時を回っている。

(那智が帰ったのって朝だっけ？　たしか、今日は夜勤……いや、当直？　あー、もうよくわかんない。人の心配してる場合じゃないけど、お互いに忙し過ぎるよ)

深夜零時ころ、休憩室で別れたきりの藤臣のことを思い出しながら、静香は重い身体を引きずるようにしてエレベーターに乗り込んだ。

六階で降り、部屋の前に立つと、今度は鍵ではなくチャイムを押す。

すぐに中から鍵が開けられ、静香は自分でドアのレバーハンドルを押して中に入った。

「ただいまー」

「おかえり！　夜勤、お疲れ」

玄関の上り口に立ち、彼女を迎えてくれたのは、那智藤臣だった。

白衣のときよりかなり若く見えるのは、ジャージ姿で高校時代から使っているデニム地のエプロンを着けているせいだろう。

彼は満面に笑みを浮かべ、

「何も食ってないんだろう？　朝飯、ちゃんと用意しといたぞ。さあ、ご飯にする？　お風呂にする？　それとも、オ・レ？」

女の子っぽいしなを作りながら、定番のジョークを口にする。

（綾川くらいの若い子が聞いたら……たぶん、引くだろうなぁ）

そんなことを考えながらも、静香の疲れた心と身体はフワッと解けていく。

噴き出しそうになる口元を引き締めつつ、

「まずはお風呂。そのあとご飯を食べて……那智はデザートにいただこうかな。それまで、いい子にしててね」

指先で自分の唇に触れたあと、彼の唇をチョンと突く。

そのまま寝室横のクローゼットに駆け込み、上着を脱いでかけようとしたとき、背後から抱きしめられた。

「きゃんっ！」

「あれでおしまい？　仮眠だけで風呂掃除して、ご飯も炊いて、いい子で待ってたんだぞ。もうちょっと、ご褒美くれよ」

「……お小遣いの増額、とか？」

静香の返事に、上からため息が降ってきた。

「あのさ、夜勤や当直とは別に週一で朝まで残業して、休日はその分、寝てるだけだし。とくにこの二年、病院と家の往復しかしてないんだぞ。小遣い増えたって、いったいどこで金を使うんだよ」

「酒も煙草もしないもんね。車も通勤に使うだけでお金はかけないし、もちろん、ギャンブルもナシ。ホント、那智って理想のダンナ様だよねぇ」

「もう一個あるだろ。大事なことが」

すぐに何を指しているのかわかったが、静香はわざととぼけた返事をする。

「んー、エロいとこ、とか？」

「否定はしない。でも、奥さん限定だけどな」

「エライ、エライ。じゃあ……お風呂、一緒に入る？」

振り返りながらもたれかかると、〝待ってました〟とばかりに、唇を重ねてきて……。

「入る。お風呂でもご奉仕しますよ、奥さん」

彼は仕事のときとは違って、男の顔で笑う。

静香にとって水元は旧姓だ。

六月に彼が、そして翌年二月に静香が二十歳になった大学二年の終わり、ふたりは夫婦になることを選んだ。

それから、早九年と五ヵ月が過ぎ――。

☆　☆　☆

藤臣と初めて会ったのは、幼稚園に入った年の秋のこと。

静香の実家の隣には、那智産婦人科という個人病院があった。そこには、祖母に近い世代の院長、光子《みつこ》先生がいた。

静香を取り上げてくれたお医者様だが、だからといって自分が生まれたときのことなど覚えているわけもなく。

光子先生に関する一番古い記憶は、四歳下の妹、巴恵《ともえ》が生まれたときのことだった。

その数ヵ月前、弟か妹が生まれると聞き、静香は無邪気に喜んだことを覚えている。

だが、しだいに母のお腹が膨らんでいき……やがて、弾けそうなくらい大きくなったころ、ある日突然、母が苦しみ始めた。

陣痛という言葉の意味はわからず、幼い静香の胸は、母が死んでしまうのではないか、という恐怖でいっぱいだった。

いつもなら頼りになる父が、あのときばかりは病室の中でオロオロするだけで……。

そのことも、静香の不安を煽る原因だったと思う。

そんな静香に優しく声をかけてくれたのが、光子先生だった。

『しーちゃん、大丈夫だからね。お母さんも赤ちゃんも、すっごく頑張ってるよ。でも、もうちょっと時間かかるかな。朝までには生まれそうにないから、寝たほうがいいよ』

最初は、どうしてそんなことを言うのかわからなかった。

母はこんなに苦しそうにしているのに、どうして大丈夫なのだろう。朝まで待たずに母と赤ちゃんを助けてくれたらいいのに、と。

でも、四歳になったばかりの幼児に、ひと晩中起きていることなどできるはずもない。

静香はいつの間にか寝てしまい……。

『おはよう、しーちゃん。そろそろ赤ちゃんに会えるよ』

光子先生が言ったとおり、静香が目を覚ました直後、分娩室から赤ん坊の泣き声が聞こえてきたのだ。

すぐに静香も中に入れてもらった。

そして、出産直後の母と、この世界に生まれ出たばかりの妹と対面する。

『光子先生から聞いたわ。心配かけてごめんね。でも、お姉ちゃんが応援してくれたおかげで、お母さんはなんともないし、赤ちゃんも元気に生まれたのよ』

あんなに苦しんでいたはずの母は、満面に笑みに浮かべ、キラキラと輝いて見えた。

助産師さんや看護師さんもいて、みんな笑顔で、『おめでとう』の言葉をシャワーのように浴びせられた。

光子先生も、『ほーら、大丈夫だったでしょう』と。

（病院って怖いトコってイメージが、一気に崩れたっていうか……めちゃくちゃ明るくて、温かくて、産婦人科ってすごい！　って思っちゃったんだよねぇ）

それからの静香は――隣から赤ん坊の産声が聞こえてくるたび、繋がった裏庭からこっそりと入り込み、窓から新生児室を覗き込むという、一風変わった女の子になった。

光子先生の病院は跡取りがいない、ひとり娘が結婚して家を出てしまったから、といった話を聞いたときは、

『センセー、だいじょーぶだよ。しーちゃんがセンセーみたいなお医者さまになったげ

る！　大きくなったら、センセーの子どもになって、〝あととり〟になるからね！』

今になって思えば、恥ずかしくなるような宣言までしたのだ。

そのすぐあとのことだった。

光子先生の孫息子という少年が現れ、隣で暮らし始めた。

その少年は、那智産婦人科の跡取りであり、静香にとって大好きな光子先生を奪う存在。

しかも、静香の通うつばさ幼稚園で同じクラスになったことで、ライバルの少年とは同じ歳であることもわかる。

だが、当時の静香はお姉さんになったばかりで張り切っていた。

周囲から、

『ともちゃんのお手本にならなきゃいけないし、光子先生みたいなお医者様になるなら、しっかりお勉強もしなきゃね。しーちゃん、頑張れ』

と励まされていたこともあり、静香はライバルの少年――藤臣に紹介されたとき、自分のほうから手を差し伸べた。

『しーちゃんが幼稚園まで、つれてってあげるね。ふじおみ君、仲よくしようね』

そんな静香に少年が初めて言った言葉は、『うるさい、ブス』だった。

次の瞬間、彼女は心に誓う。

この子とは絶対に仲よくしない、親切にもしない、と。

一方、幼稚園では――評判がよく信頼されている光子先生の孫という理由からか、藤臣のことは好意的に受け入れられた。

実際の理由は別のところにあったのだが……。

問題は当の藤臣だった。

彼は無口なうえに、誰に話しかけられてもニコリともしない。たまに口を開けば、『うるさい』『近づくな』『バカ』『ブス』の連発で、しだいに近づく園児はいなくなった。

そうなると、幼稚園の先生たちも放っておけなくなる。

『ねえ、静香ちゃん、藤臣君と仲よくしてあげてくれないかな。だって、静香ちゃんはクラスのみんなと仲よしでしょ？　ね？　お願い、静香ちゃん』

幼稚園に通い始めて半年、静香はクラスのボス猿的――いや、リーダー的存在になっていたように思う……もちろん、いい意味で。

幼いころの静香にとって、頑張ってできないことはなかった。

いい子で頑張れば、どんな願いも神様が叶えてくれる。そう信じていた静香にとって、幼稚園の先生からの『お願い』は、いい子でいるためにも、再チャレンジしないわけにはいかない充分な理由となる。

先生の言葉に従い、最初のことを水に流して、静香は再度、手を差し伸べた。

ところが、そんな彼女に藤臣は、呪いのような言葉を吐き捨てたのだ。

『オレに触ったら死ぬぞ』

カッとした静香は当然言い返す。

『わたしは死なないもん！　あんたひとりで死んじゃえ！』

『だから、近づくなって言ってんだろ。バーカ』

おしとやかで古風な名前とは反対に、それで泣き出す静香ではなかった。

幼稚園児の体格に男女差はほとんどない。静香は怒りに任せて飛びかかり、ふたりは取っ組み合いのケンカを始めたのである。

やっぱり、この子とは仲よくなれない。

静香がその思いを新たにしたとき、隣の病院に同じクラスの友だち——優実《ゆみ》が母親と一緒にやって来た。

彼女から、弟か妹が生まれる、と聞き、静香はとっさに半年前を思い出す。

『すっごく痛そうだけど、光子センセーがいるから、ぜーったい、だいじょうぶだよ！』

そう言って励ました直後、状況は一変する。

静香の母のときとは違い、優実の母はベッドが真っ赤になるくらい出血したのだ。

光子先生の表情も一瞬で変わり、病院内は大きな声が飛び交い始めて、みんなアタフタしながら手術室に入っていく。

震える優実に、大丈夫、と言ってあげたいのに、さすがの静香も声が出なくなった。

そのとき、いつの間に近くに来ていたのか、藤臣が口を開いた。

『赤ん坊のせいだ。お腹の赤ん坊のせいで、おまえの母ちゃんは死ぬんだ』

『そっ、そんなことっ』

静香が言い返すより早く、優実は声を上げて泣き始める。

『赤ん坊も、いっしょに死ねばいいのに』

その言葉を聞いた瞬間、静香は思いきり藤臣の頬を叩いていた。

『死なない！　ぜったいに、死んだりしない！　光子センセーが助けてくれるんだからっ!!　センセーは赤ちゃんのことはなんでもわかるんだよ。だから、ぜったい、ぜったい、ぜーったい、助けてくれるんだからね!!』

しっかりした口調で言い返したつもりだったが、当時のことを知っている看護師によると、静香は顔を真っ赤にして大泣きしていたらしい。

ただ、藤臣も同じくらい真っ赤な顔をしていたように思う。

どれくらい睨み合っていただろうか。長くて短い時間が過ぎていき……病院内に産声が響き渡った。

そして、助産師の東晴子《あずまはるこ》が赤ちゃんを抱いて現れる。

『ほーら、優実ちゃん、元気な男の子だよ～。お母さん、すっごく頑張ったんだよ。もう大丈夫だから、お父さんが来るまで一緒に待ってようね』

晴子に連れられ、優実は赤ん坊と一緒に奥へと消えていった。

しばらくすると、ホッとして脱力していた静香の前を、ストレッチャーが通り抜けていく。優実の母の意識は戻っていないようだった。

だが、ようやく藤臣のことを思い出して、『ほーら、わたしが言ったとおりでしょ』と自慢してやろうとしたとき――。

『なんで、オレの母ちゃんは助けてくれなかったんだ⁉』

手術室から出てきた光子先生に、藤臣は叫びながら飛びかかった。

『他の子の母ちゃんは助けるくせに……こいつが言うくらい、ばあちゃんがすごい医者なら、どうして……どうして』

彼の瞳から、大粒の涙が溢れてくる。

その剣幕に驚いて駆けつけてきた晴子が、啞然とする静香に説明してくれたのだ。

『光子先生の娘さん、藤臣君のお母さんはね、彼を産んだときに死んじゃったの――』

光子先生の娘、恵《めぐみ》は結婚すると言って家を出た。

だがそれは穏便なものではなく、双方の親に反対された挙げ句、妊娠が先の駆け落ち婚だったという。

それでも、親元を離れ、子どもも生まれて家族三人、幸せに暮らしていたらしい。長男が五歳になったとき、恵は第二子を妊娠。家族が増え、さらに幸せになるはずが……。

恵は藤臣の出産と同時に命を落とした。

とくに、産科医だった恵の夫、修《おさむ》のショックは大きかった。長男の面倒をみるだけでいっぱいいっぱいになり、生まれたばかりの次男の世話などできるはずもなく。

藤臣は生まれた病院から、そのまま乳児院に入った。そして、一度も親元に帰ることなく、五歳になる年の春、児童養護施設に移されたという。

そのわずか数ヵ月後、藤臣の父はとうとう精神のバランスを崩して入院。兄は父方の祖父に、藤臣は母方の祖母に引き取られた。

——といった事情を静香が知ったのは、しばらくあとのこと。

だが、幼稚園児の静香にも理解できたことはあった。

『同じ施設の子にね、お母さんのことで意地悪を言われたのよ。お母さんが死んじゃったのはおまえのせいだ、とか。藤臣君に触ったら、お母さんみたいに死んじゃう、とかね』

晴子はきっと、藤臣がたびたび口にする言葉を聞いていたのだろう。

彼はとても悪い子だから、人の嫌がることばかり言うのだと思っていた。でも違った。本当はとても悲しい経験をしていて、だから、大人たちは彼に優しかったのだ。

静香は悔しそうに泣き続ける藤臣に近づき、そっと彼の手を握る。

ビクッとして手を引こうとするが、静香は思いっきり力を籠め、決して離そうとしなかった。

『だいじょうぶ、わたし、死なないから』

『……』

『わたし、がんじょう、だから……ぜったい、だいじょうぶなの。だから、わたしが、ふじおみくんの、お母さんになったげる！』

突然の宣言に、藤臣も呆気に取られた顔をしていた。

だが、彼は空いたほうの手でグイと涙を拭うと、

『おまえ、バカ？』

とたんに小憎らしいことを口にする。

『バカって言うほうがバカなんだからね、バーカ！』

盛大なブーメランだが、静香本人は気づかない。

また言い返してくるのかと思って身構えたが、藤臣はどうしたことか笑い始めたのだ。

その顔は必死で涙を堪えていたように思う。

『おまえ、さ……ホントーに死なないのか？』

『うん！』

『じゃあ、大きくなったら、おまえがオレの子どもを産んでくれ！』

四歳の静香は、その言葉をなんの邪念もなく受け入れたのだ。

『わかった！　やくそく、だからね』

ふたりは揃って口をへの字に結び、泣くのを我慢しながら指切りした。

この先何があっても、藤臣をひとりにはしない。自分が傍にいて彼を守ってあげよう。

芽生えたばかりの思いは〝恋〟と呼ぶにはほど遠いものではあったが、静香の胸を熱くさせたのだった。

☆　☆　☆

「おーい、寝るなよー」

藤臣の声が聞こえたと思った直後、パシャンと音がして顔がお湯に浸かった。

大慌てで顔を上げ、静香は顔をバシャバシャと洗う。

「うん、大丈夫。寝てないよ」

「いやいや、思いっきり寝てただろうが」

「だって、気持ちよかったんだもん」

ふたり一緒に湯舟に浸かり、背後に座った藤臣が『おまえ、肩がバキバキだぞ』と言いながら、優しくさすってくれて……。

とたんに、うつらうつらし始めたところまでは覚えている。

「しかも、ヘラヘラ笑ってたぞ。ちょっと不気味だった」

「それはね、プロポーズされたときのことを思い出してたから……あー、あのころの那智って可愛かったなぁ」

「それって、高三のとき？」

意外な返事が返ってきて、静香は口を尖らせて答える。

「高三男子が可愛いわけないでしょ。第一、あのときのプロポーズはエッチ目的だし……最初の、幼稚園のときに決まってるじゃない」

あの日、指切りして以降、静香は彼を『ふじくん』と呼ぶようになった。

ふたりの約束はあっという間に町内に広まり、幼稚園にも広まり、からかわれることも多くなる。当然、藤臣のほうが嫌がって離れていくかと思われたが、いつの間にか、彼も静香のことを『しーちゃん』と呼んでいた。

その後、思春期に入り、紆余曲折を経て『那智』『水元』と苗字呼びに落ちつき、現在に至っている。

「幼稚園って、あれは……いや、それより、エッチ目的？　おまえがそれを言うか？」

「だって、エッチしたい、我慢できないって言ったじゃない」

同じ幼稚園、小学校、中学校、高校と過ごす間、周囲からは、ずっとカップルだと思われていた。

　事実、中学生のころには彼を唯一の存在だと確信していたし、静香の中では間違いなく恋だった。

　ただ、恋愛とセックス——性欲は切り離せない。コントロールできない衝動を抱えがちな十代なら、なおさらのこと。同級生たちが公認カップルのふたりに向ける目も、好奇心が含まれていることが多かった。

　とはいえ、妊娠と出産を身近に感じてきたふたりにとって、その妊娠に直結するセックスを勢いだけで経験する気にはなれず。自他ともに認めるカップルでありながら、一線を引いた関係が続き……。

　それに終止符を打ったのが、高校三年の夏。

『そろそろ、我慢の限界なんだ。結婚するまで、待てそうにない。水元のことが抱きたい。万一のときは、絶対に責任を取るから』

　受験生の静香を残し、妹を連れて両親が母の実家に帰省したとき、一緒に勉強していた藤臣が熱いまなざしを向けながら言ったはずだ。

「ああ、たしかにそう言った。でも、そっちだってさ、もう我慢したくない、みたいに答えたんじゃなかったっけ？」

「そ、それは」

身近な現実は現実として、その日まで、藤臣とはキス止まりだった。

優等生やいい子と呼ばれ続けた静香にも、それ以上のことに対する憧れはあったと思う。

そんなとき、ふたりきりになり、情熱的に求められたら……。

『ん、いいよ。だって、わたしもこれ以上我慢したくないもん』

（って言ったっけ。それって変？　変じゃないよね？　だって十七歳だよ。いろいろ知りたい盛りの初々しい女子高生だったんだから）

そのときだ。

肩をさすってくれていた手が少しずつ下がっていき、腰の辺りを撫で始めた。

「あのときも、こんなふうに触ったんだよな」

「え？　あ……っん」

藤臣の両手が、太ももからビキニラインにかけて、ゆっくりとなぞる。下腹部をソロリソロリと撫でたあと、薄めの茂みを梳くように指を動かした。

茂みの奥に潜む敏感な部分に、触れるか触れないかの掠めるような繊細な愛撫。

その動きは、初めてのときとは比べものにならないくらい堂々としている。

だが、変わったのは藤臣だけではなかった。

「そしたら、すっごい力で脚を閉じて……俺の手を挟んだんだ。覚えてる？」

「お、覚えて、ない」

ひと言答えて、プイと横を向く。

だが、本当はしっかり覚えている。

大事な場所を藤臣に触られて、その瞬間、大人の恋への憧れより羞恥心が上回った。恥ずかしくて、恥ずかしくて、抵抗するつもりもないのに、脚が閉じてしまったのだ。

それが今は……。

(やだ、もう、脚が開いちゃう)

そう考えたとき、背後からクスリと笑う声が聞こえた。

「でも十年経ったら、こーんなになっちゃうんだよなぁ」

そんなことを言いながら、自然と開いていく彼女の脚の間に、藤臣は指を滑り込ませてくる。

「ひぁ、ゃうっ」

「ちょっと触っただけで、もうヌルヌルだぞ。十年前に比べて、エッチになったよなぁ」

いきなり淫芽を抓まれ、静香は腰をヒクつかせた。

身体が熱くなっていく。脚の間に流れ込んでくるお湯のせいか、それとも、臀部に感じる藤臣の昂りのせいかもしれない。

「じ、自分だって」

「俺が、何?」

負けじと言い返そうとするが、

「じゅ、十年前と、比べて……同じ、くらい元気っていうか……えっと、わたし以上に、エッチになってるじゃないの、もうっ」

「それって、褒め言葉？」

「ちが……あっ、やぁっ」

違うと言おうとしたとき、彼の指が秘所をまさぐるように動き出して、静香は口をキュッと閉じた。

同時に、片方の手で胸を押し上げるように揉み始める。

快感に静香の腰はさらに揺れて……。

お湯がパシャンパシャンと波打ち、湯舟の縁から溢れていく。

「まだ、真上を向くくらい元気だろ？　硬さも、変わってないと思うんだけど、どう？」

お尻に触れていただけの灼熱の杭が、いっそう強く押し当てられた。

そのまま、彼は腰を回すようにグリグリと押しつけてくる。

「どうって、言われても……あっ、んんっ……お、押しつけられただけじゃ、よくわからないわよ、そんなっ……あっ、くぅ」

静香の息遣いが少しずつ荒くなっていく。

途切れ途切れに返事をすると、ふいに彼の手が腰を左右から摑んだ。

軽く腰を浮かせる感じにさせられ、直後、お尻の割れ目をなぞるようにして、昂りが差し込まれた。

「あっ、あぁ、やっ、ま、待って」

脚の間に熱が滑り込んできて、静香は身を捩った。

「大丈夫。このまま挿入しないから」

「それは、わかってる、けど」

静香がピルを受けつけない体質のため、避妊にはずっとコンドームを使用している。様々な事情から、子どもは医師、助産師として一人前になるまで作らない、と約束しており、藤臣が一方的に破るとは思えない。

ただ、今回ばかりは、静香自身が微妙だった。

(だって、ここしばらく……たぶん、二週間くらい、シフトが合わなくて、ちゃんとしてないし)

それだけではない。戯れている最中にオンコール——というのも一度や二度ではないのだ。休憩室のときみたいに、軽く弄られてイク寸前にストップ、というくらいならまだいい。ベッドの上でたっぷり焦らされ、いざ挿入、というタイミングでスマホが鳴るのはかなりショックだ。

(仕事だから仕方ないし、まあ、お互い様って感じ？　んー、でも、那智のほうがきつい

のかもしれない）

男の下半身事情に思い至ったとき、期待に疼く割れ目を、はち切れんばかりの肉棒でこすられた。

「あ、あ、あぁ……はぁぁ、んっ」

静香は脚を閉じて太ももを擦り合わせる。

ちょうどいい感じに、敏感になった淫芽に先端が当たった。コツンコツンと突かれて、どうにも我慢できず、腰を前後に動かしてしまう。

激しく動かすと、屹立した彼のモノがスルッと挿入《はい》ってしまいそうだ。

「そんなにコイツがほしい？」

からかう口調で尋ねられると、素直に『はい』とは言えない。

「だ、だから、そうじゃなくて……それ、は……それは、だからぁ、あ、あぁっ」

しかも、何が言いたいのか、自分でもわからなくなってくる。

「正直に言ってごらん、〝しーちゃん〟」

「こっ、この、体勢で……あ、やっ、あっ、あぁ、んんっ！」

ふいを突かれて幼いころの愛称で呼ばれ、構えていた気持ちの盾が、豆腐のように砕けていく。

その瞬間、静香の身体に快感が駆け抜けた。

全身の力が抜け、背中から藤臣にもたれかかる。

下肢の緊張も緩んできて、そのまま、怒張の上に腰を落としてしまいそうになった。

「おっと、このまま入れたらマズいだろ。俺も動きたくなるし」

「やだ、もう、意地悪……早く、ちゃんと、挿れてよぉ」

肩越しにそう言った瞬間、藤臣の唇が押しつけられた。

舌先が唇を割り込み、肉厚な舌が入り込んでくる。ゆっくりと歯列をなぞり、彼女の舌を捕らえるように搦めてきた。

「あっ、ふ……はぅん」

ふたりの唾液が混じり合った直後、藤臣は彼女を横抱きにして立ち上がった。

「さすがに暑いし、俺も……いい加減、挿入したい」

いたずらっ子のような瞳が、とたんに魅惑的な男のまなざしになる。

静香も彼の首に手を回して、

「うん、わたしも」

ギユッと抱きついて、精いっぱい甘くささやいた。


ふたりはそのまま、ベッドに直行——しなかった。

洗面台の上に彼女を下ろし、棚から取り出したコンドームを装着するなり、ひと息に突き上げてくる。

「はあぅっ！」

洗面台の上は意外に冷たく、お尻がヒヤッとした。

だが、すぐにそんなことは考えられなくなる。

ジュプ……グジュ……濫りがましい音が狭い洗面所内に反響し、いやでも静香の耳まで届く。

熱い雄身が、最奥を抉るように突き上げてくる。

「あー、すごい、膣内《なか》、とろっとろだ。熱くて、俺のが溶けそう」

「あ、熱いのは、そっち、でしょ。あ、あん……ダメ、そこ、ダメェ……もう、ダメだってばぁ」

グリグリと押し回され、腰が砕けてしまいそうだ。

「どこがダメ？　ここ？　いや、こっちかな」

「やっ、もう……あ、あ、あぁぁ……ダ、ダメ、ダメ、もう、あぁ、やあぁっ！」

静香は両手を洗面台につき、背中を反らせる。

そのまま、太ももにも力を入れた。

「おぉっと！　そんなに気持ちよかったんだ。けっこう、溜まってた？」

「なんで、そんなこと」

「奥がキューッと締まって、今もヒクヒクと痙攣してる。これって、おまえがマジイキしたときの反応だから」

静香の顔を覗き込みながら、彼はしれっとした顔で答える。

悔しいが本当のことだった。

(わたしだって、負けてないんだから)

静香は反論する代わりに、伸ばした脚を彼の腰に絡めた。簡単にほどけないよう、しっかり組み合わせる。

そのまま、腰をクイと動かした。

「クッ!」

とたんに、藤臣の顔から余裕が消え去る。

「こうしたら、いい感じに締めつけられるんでしょ? わたしだって、ぜーんぶ知ってるんだからね、〝藤くん〟」

「お、おまえなぁ」

お尻の筋肉に力を入れたり緩めたりしながら、円を描くように腰を揺らす。

静香の経験はたったひとりだが、それは藤臣も同じはずだ。当然、エッチの内容も回数も同じで……。

そのとき、彼の指が花びらの奥をさらりと撫でた。

「やっ、ぁんっ」

堪えきれずに、甘えるような声が口から漏れる。

深い部分で繋がったまま、藤臣の指はぷっくりと膨れ上がった彼女の淫芯を愛撫し始めた。その動きはしだいに激しくなっていく。

同時に腰も揺さぶって、蜜窟の底を雄身の先端でノックした。

静香はあまりの気持ちよさに、唇を噛みしめる。

(もう、ダメ。どうせバレてるんだから、好き、大好き、すっごくエッチしたかったたって言っちゃえ、わたし!)

彼女が口を開きそうになったとき、

「あー、わかった。降参、降参、俺の負けです。だからさ……気持ちいい、もっとほしいって言ってくれよ」

ほんの少しだけ早く、藤臣が白旗を揚げる。

しかも、喘ぐような声で懇願され、静香も完全に陥落した。

「もう、わかってるくせに……那智の馬鹿ぁ。ねえ、もっと、いっぱい……して。本当は、休憩室でも最後までしたかったんだからね。ずっと、ずっと、ほしかったんだからぁ」

「了解」

短く答えるなり唇を重ねてきた。

奪い合い、与え合うキスに、洗面所の空気は甘い熱を孕んでいく。

抽送はしだいにスピードを増し、何度目かのキスを交わしながら、静香の蜜道を膨らみきった熱が爆ぜ飛んだ。

☆　☆　☆

『大きくなったら、おまえがオレの子どもを産んでくれ！』

なんてセリフ、よく言えたものだと思う。

一回戦を終えたあと、ふたり揃って空腹に気づいた。藤臣の作った朝食、というよりほとんど昼食を食べ、ひと休みのつもりでベッドに戻って二回戦。

さすがの静香も絶頂と同時に寝落ちしてしまった。

スースーと寝息を立て、その姿はまるで生まれたての赤ん坊のようだ。

彼女のふっくらした頬をツンツンと突きながら、藤臣は初めて結ばれたときのことを思い出していた――。

最初に浮かんだのは、喧しいほど聞こえてくるセミの声。

高校三年の夏休み、同級生は受験勉強に専念する者と、高校生活最後の夏を楽しむ者に二分されていた。進学を目指す藤臣と静香は、当然、前者だ。もともと一緒に勉強することが多かったが、夏休みに入ってからはとくに、連日、図書館に通っていたことを覚えている。

だが、世間が盆休みの時期に入り、静香の家族が彼女を残して帰省してしまった。

『三日ほど誰もいないから、家で勉強できるよ』

静香は無邪気に笑って、藤臣を部屋に招いてくれた。

それは、何年ぶりだっただろう。小学生のころは普通に行き来していた。それが中学生になり、藤臣の声が低くなったころには、ほとんど出入りしなくなった。

誰かに何かを言われたわけではない。

ただ、『オレの子どもを産んでくれ』という言葉の中身を正確に知ったあと、水着姿のアイドルの顔が静香に見えるようになったせいだ。

しだいに、その水着を脱がしたい衝動に駆られ、ある日、藤臣はとうとう夢の中でその願いを叶えてしまった。

このままいけば、現実で叶えようとする日もそう遠くないだろう。

藤臣は彼女に対する特別な感情を自覚して、『水元』と呼ぶようになった。

祖母は藤臣の変化に気づいたと思う。助産師の晴子や看護師たち、あと静香の両親も、一線を引くようになった彼の気持ちを察してくれたようだった。

そんな中、同級生たちは周囲の大人と真逆の反応を見せる。

中学三年のとき、性教育の授業で妊娠出産を扱ったあとは最悪だった。

『おまえらはさ、もうとっくに子作りの実践は経験済みなんだろ？　ねえ、ノビタくーん』

『なんたって、シズカちゃんを嫁にする男だもんなぁ』

〝みずもと〟は〝みなもと〟に読める。そうなると、静香の名前は某国民的アニメのヒロインと重なってしまうのだ。しかも、当時の藤臣は一六〇センチもないひ弱なチビだった。アニメの主人公と違うのは、藤臣の成績が学年トップだったこと。だがそれはマイナスに働き、悪ガキどものひやかしの的になるのに、充分な理由だった。

祖母の家に引き取られたころの彼なら、売られたケンカは即行で買っていただろう。

母の死の真相があまりにショックだったこともある。だがそれ以上に苦しかったのは、母を殺したと藤臣を責め、周囲の子どもたちまで巻き込んで藤臣を苛めた兄への罪悪感だった。

真実を知る直前まで、藤臣は兄と同じ施設で暮らせることに喜びを感じていた。

だが、施設で顔を合わせた兄は、父と一緒に乳児院まで面会に来てくれたときとは違い、憎しみの籠もった目で藤臣を見ていたのだ。

五歳の子どもに、兄が心変わりした理由など理解できるはずもなく。

母親の命を奪って生き延びた。触れた人間の命を吸い取る魔物だ。そんなふうに言われたら真に受けてしまっても無理はない。

誰かに触れられることすら怖い。怖くて怖くて、ヤマアラシのように針毛を逆立て、周囲を威嚇することしかできなくなる。

そんな藤臣にとって静香はわけのわからない存在だった。

彼の恐怖心などお構いなしに、ドカドカと入り込んでくる。何度払っても、何度でも手を差し伸べてきて、握り返すまで諦めそうにない。

彼女との指切りは、藤臣にとってありったけの勇気をかき集めた行為だった。

だが、あれをきっかけにして、藤臣の中からヤマアラシの針毛はすべて抜け落ちた。

そうなると、もともと短気なほうではないし、好戦的な気質でもない。

むしろ、火が点くと一気に燃え上がるのは静香のほうだ。

両親がいないことで藤臣が苛められそうになると、彼女は年上の男子相手でも取っ組み合いのケンカを始めるくらいだった。

それは中学生になっても変わることはなく。

『出産ってね、命の誕生なの！　すっごく尊いことなの！　感動して泣けるような授業のあと、感想はエッチだけ？　うちのクラスの男子って、馬鹿ばっかりなの!?　もちろん、那智は除くけどね』

そんなことを言いながら、藤臣と男子たちの間に仁王立ちになるほどで……。

一般的に女子のほうが早く成長期を迎えるという。そのため、中学生の彼女はすでに今と同じくらいの身長だった。

幼いころから変わらない真っ直ぐな性格や飾らない笑顔、それに比べて、制服の上からでもわかる充分に成長したバストとヒップ。静香を横目に見ながら、多くの男子は『那智みたいなガリ勉のチビに、水元はもったいない』と話していたはずだ。

（アイツと一緒にいたから、クラスの男子に反感買ってたっていうか……女子にもモテなかった……っていうのは、ちょっと違うか）

モテなかった原因はやはり藤臣本人にあるだろう。

あのとき、庇ってくれた静香の声を遮るように、

『水元とセックスはしてない。そういうのは結婚してからって決めてるから』

中学生男子とは思えない発言に、クラスメートだけでなく教師まで一発で黙った。

だが、女子はドン引きだったことを覚えている。

そんな藤臣の見た目が変わったのは、高校在学中のことだ。

彼は高校三年間で二〇センチ近くも背が伸びた。入学式には最前列だったのが、卒業式では最後列。クラスの男子を全員ごぼう抜きにしたのだから、抜かれた彼らもさぞや驚いたことだろう。

当然、静香との身長差もドンドン開いていき――。

初めてキスしたのはその身長差が十二センチになったとき、高校一年の冬だった。

『那智、知ってる？　十二センチ差って、一番キスしやすいんだって』

思いがけない静香の言葉に、藤臣の心臓は飛び出しそうなくらいバクバクしていた。

頭の中が真っ白で、思わず、

『試してみるか？』

自分らしくないことを言ったと気づき、すぐに、冗談だと取り消そうとしたが、遅かった。

『た……試して、みたいかも』

頬を真っ赤に染めてそんなふうに返されたら、あとには引けないだろう。

冬の寒さも忘れるくらい、全身が火照っていた。覚悟を決めて、勢いよく唇を押しつけた瞬間、ガチッと音がして……。

ファーストキスはわずか一秒。

思い出すたび決まって言われることは、

『覚えてるのは、歯が痛かったことだけ。何ごとも、試すときはゆっくりしなきゃダメって、いい勉強になったよねぇ』

しみじみ言われると、男にとってはけっこう堪える。

だが、その教訓は初体験のとき、たしかに役に立った。

午前中から勉強を始めて、昼食を挟んで三時のおやつタイムに近づいたころ、エアコンを切って空気を入れ換えよう、と静香が立ち上がったときだった。

彼女が窓を開けた直後、強めの風が吹き込んできた。

その日の静香は、身体のラインを隠すような大きめのTシャツを着ていた。下もダボッとした膝丈のショートパンツ。学生時代の髪形はいつもポニーテールで、その直前まで、藤臣は理性を保っていた。

いたずらな風が薄いコットンのTシャツを彼女の肌に張りつかせ、魅惑的な胸のラインを露わにしたのである。

同時に、半袖の脇から白いものが見え、藤臣の目は一瞬で釘付けになった。

理性が吹き飛ぶという経験をして、彼は唐突に立ち上がっていた。無言のまま静香に近づき、シャッとカーテンを閉め――そのまま、彼女に口づける。

初めてのキスから一年半が過ぎ、キスの経験なら、たぶん百回を超えていた。多少勢いをつけても、もう歯がぶつかるようなことはない。

いつもなら、そこで止めていただろう。

だが夏休み直前、ふたりの身長差が二〇センチを超えて……。

自分はもうチビじゃない。その思いは彼に男としての自信をくれた。長く気づかなかったが、どうやらコンプレックスを抱えていたらしい。

『そろそろ、我慢の限界なんだ』

堪えきれない衝動に背中を押され、藤臣は秘めた思いを口にしてしまう。

もしあのとき、結婚までしないって言ったくせに、そう返されていたなら、やせ我慢でも引き下がったかもしれない。

だが静香は『ん、いいよ』そう言って照れ笑いを浮かべたのだ。

(可愛くてヤバ過ぎるとか、思ったんだよなぁ。死んでも言えん、言ったら、百年後までからかわれる)

彼女のTシャツを脱がせようとしたとき、

『こういうことになるんだったら、もうちょっと、可愛いカッコしたのにな』

悔しそうな顔でボソッと呟く。

だが藤臣の本音は、大きめのTシャツに感謝したい気分だった。

もし、静香が制服のブラウスを着ていたら、ボタンを外す指が震えて、勢い余って引き千切っていたことだろう。

チラッと見えた白いものは、思ったとおり純白のブラジャーだった。

水着のラインで日焼けした下着姿の彼女は、神々しいほどに輝いていた。もちろん、童貞フィルターがかかっていたことは否定しない。だが、あの真っ白な布地を、男物と同じ〝下着〟と呼んだらバチがあたる、本気でそんなことを考えていた。

『ガン見しないでよ。那智はもっと大きい胸がいいのかもしれないけど』

『なんだ、それ?』

『けっこう前だけど……ベッドの下に隠してる本、巨乳のグラビアアイドルばっかだったもん』

あれは、ただのオカズにすぎない。イメージするときは静香にチェンジするんだから、顔もスタイルもなんでもいいんだ。

とは言えない。

必死で動揺を隠しながら、藤臣は答えた。

『どっちでもいい。俺が触りたいのは、おまえだけだから』

そう言って手を伸ばしたとき、静香はいっそう真っ赤になって叫んだ。

『な、なんで、那智は脱がないの? わたしだけ裸なんて、恥ずかしいじゃない。そっちも脱いでよ!』

『じゃあ、せーの、で脱ごう。いくぞ——せーの！』

藤臣のほうはTシャツを一枚脱ぐだけだった。

半裸になり、あらためて静香を見る。彼女は背中を向け、ブラジャーのホックを外すところだった。

真っ白い背中に目がチカチカする。スクール水着の下は妄想で満たすものだろう。まさか実物を見られるなんて、興奮のあまり息が止まりそうになる。

だが、これで終わりなわけがなく。

両腕で胸を隠しながら振り返ったとき、マシュマロみたいな谷間がそこにあった。

頭の中で——落ちつけ、落ちつけ、落ちつけ——そのフレーズばかり繰り返していた。

ファーストキスのときと同じ失敗はしたくない。理性のロープが切れずにいたのは、その一念だったと思う。

藤臣は勇気を出して彼女の手首を摑み、ベッドへと引っ張った。

向かい合って座り、ゆっくり手を伸ばして彼女の胸に触れた。

ふわっとした感触に胸が高鳴る。思いきって掌を押し当てると、吸いつくような感じがして、抑えきれずに指先を動かしてしまう。

それは、もちもちしていて、触り心地のいいビーズクッションのようだった。

（あのぷにぷに感……あれだけは、男の身体には絶対にないからなぁ）

先端の突起に触れた瞬間、静香の身体がピクッとした。

断られるのを覚悟で、『舐めてもいいか?』と尋ねてみる。

すると、彼女は横を向いたままうなずいた。

『そっ、そんなこと、いちいち聞かないでよ、馬鹿』

そんな仕草の全部が、信じられないほど可愛く見えたことは、きっと何十年経っても忘れないだろう。

前屈みになり、乳房の頂を口に含む。

母乳を飲んだことのない藤臣にとって、それは正真正銘、初めての経験だった。

舌先に包んで転がすと、さくらんぼのようなピンク色の突起はしだいに硬くなる。夢中になってねぶるうちに、少しずつ、静香の息が上がり始めた。

『ぁ……やっ、ぁ……んっ』

熱を孕んだ静香の声は、藤臣の理性を溶かすのに充分だった。

思考が奪われ、ジーンズの前が窮屈になっていく。

痛いほど張り詰めた瞬間——。

『きゃ!?』

どうやら前のめりになっていたらしい。意図したものではなかったが、彼女を押し倒していた。

『悪い。どこか、ぶつけたか？』

『大丈夫、だけど……那智のほうは、なんか、大丈夫じゃなさそう』

そのときの藤臣は、押し倒した勢いで抱きついた挙げ句、漲る股間を彼女の太ももに押しつける格好だ。

『そ、そうだな。大丈夫じゃないかも、というか、なんかヤバイ。あー、クソッ、ジャージ着てくりゃよかった』

少しだけ緩めようと片手でボタンを外すが……昂りがファスナーに引っかかってしまい、下ろさないことには楽になりそうにない。

ここで彼女から離れて、腰を引き気味にしながらジーンズを脱ぐというのは、あまりにも格好が悪い。かといって、ずっとこのままでもいられないだろう。結局、どうすればいいのかわからず、内心焦りまくっていたとき、華奢な手がジーンズの前に触れたのだった。

テントを張った部分を押さえ、ソーッとファスナーを下ろしていく。

『なんか痛そうだったから、触っちゃったけど……ダメだった？』

恥ずかしそうに聞かれたら、返事はひとつしかない。

『いや、全然』

むしろ、それどころではないだろう。

彼女の手が藤臣の熱い昂りに触れているのだ。そのことに、たとえようのない興奮を覚えていた。

　デニムの厚い生地越しなので、そう感じるわけがないのに、遠慮がちにスリスリと動かされるだけで、脳天が痺れそうになる。

　そして、ファスナーが全開になったとき、窮屈だった部分が自由になった。

『な、那智、なんか、見えてる』

　そこは完全に真上を向いており、ボクサーパンツを押し広げて、亀頭部分が飛び出している。

『ご、ごめ』

『触ってみてもいい？』

　ある意味、十代の女子は男子よりも大胆だ。

『おまえが、嫌じゃなければ』

　期待と不安が入り混じった、不思議な気分だった。

　おずおずと伸ばされた彼女の手が触れたとたん、キャパオーバーとばかり、藤臣のペニスはピクンと跳ね、白濁をまき散らす。

『キャッ！』

『わっ、悪い、ウッ……クッ』

　頭の中が真っ白になった。

挿入前どころか、触られただけで発射するなど、早撃ちにもほどがあるだろう。静香の手や太ももを汚してしまったと思うだけで、羞恥のあまり逃げたくなる。判決を待つ罪人の気分だったが、静香の反応は予想外だった。

『これが……那智の赤ちゃんの素なんだ』

まじまじと自分の手をみつめながら、静香は感心したように呟いている。

そのあと、なんとペロッと舐めた。

『お、おま、何を』

『やだ、変な味。美味しくなーい。でも、これが大人の味、なのかな？　ひとりで大人になったらダメなんだからね。わたしと、一緒でないと』

ちゃんと確認したわけではないが、あれはたぶん、静香の気遣いだと思っている。

その効果か、あるいは十代の若さゆえか、彼の分身はあっという間に復活を果たし、同時に、彼女に覆いかぶさるようにキスしていた。

かすかに、変な味が伝わってきて……たしかに、これは美味しくない、なんてことを思いつつ……。

静香のショートパンツと下着を一緒に脱がす。

そこには真っ黒というより、柔らかそうな茶色の茂みが見えた。よくよく思えば、静香の髪もそうだ。美しい髪を形容する、カラスの濡れ羽色、ではなく、ビターチョコレートの色に近い。

触れた瞬間、太ももが閉じ、藤臣は手を挟まれた。

それはロックされているかのように、ピクリとも動かない。

『脚、ちょっと広げてほしいんだけど』

『ムリッ』

『いやいや、ムリって』

『だって、ムリなんだもん。それに那智だって……今日はムリなんじゃ』

フライングはしたが、完全に萎えてしまったわけではない。

『ムリじゃないよ。ほら』

下腹部にピタッと張りつく欲望の証を指差すと、静香の息を呑む気配が伝わってきた。

藤臣は挟まれている手首ではなく、自由になる指先を動かしてみる。

『や……あっ』

茂みの奥をまさぐると、小さな蕾に指先が触れ——刹那、彼女の口からチョコレートより甘い声が漏れた。

藤臣の背筋に電流が流れたような衝撃が伝う。

ゾクゾクして、呼吸が荒々しくなるのを必死で堪え、そのまま蕾を弄り続けた。

『や、やっ、やぁっ、那智……そこ、もぅ、ダメ』

静香が顔をクシャクシャにしながら唇を噛みしめる。

それは、彼がこれまで見たことのない、女の顔だった。

『やだぁ……見ないで。わたし、変な顔……してるでしょ』

両手で顔を覆い、涙声で言う。

彼女が何を気にしているのか、あのときは本当にわからなかった。

『え？　何が？　おまえ……メチャクチャ綺麗だ』

思わず、本音を吐露しただけだったが、のちに静香から『那智ってタラシの素質があるよね』と言われた。

ハッとして我に返り、藤臣はジーンズの尻ポケットからコンドームを取り出す。

『最初から、スル気だった？』

静香の声には不信感が滲んでいた。

たしかに、初体験にしては用意のいいことだろう。

『十八になったとき、ばあちゃんに渡された。結婚できる歳になったからこそ、一人前の男として相手を気遣えるようになれって。それ以降、おまえと会うときはいつも持ってる。俺の相手は、おまえ以外にいないから』

彼の返事を聞くなり、静香の表情がふわりと溶けた。

あとから思えば、いつもやる気満々だった、と答えたようなものだが、十八歳なりの真剣さはきちんと伝わったということだろう。

初めて目にした割れ目の奥――蜜が滲み出てくる場所に彼自身をこすりつける。

二度、三度と繰り返すうちに、割れ目の一ヵ所が開いていき、ふいに、先っぽがツルンと滑り込んだ。

そこが蜜窟の入り口だと気づいたときには、くびれの部分まで埋まっていた。

そうなると男の本能が首を擡げてくる。腰を突き上げそうになるのを、なけなしの理性をかき集めてグッと堪える。

『痛いか？』

静香は目を瞑ったまま、頭を左右に振った。

あきらかに我慢している顔だが、どうしてやればいいのか、初心者の藤臣にわかるはずもない。

『だい、じょうぶ……だから、きて』

喘ぐような、掠れた声が耳に届く。

同時に、伸ばされた手が藤臣の素肌――胸の辺りに触れた。その手を濡らすほど、彼は滝のような汗を掻いていたと思う。

トクンと鼓動が高鳴り、怒張が膣内《なか》へと呑み込まれていく。

そこはきつくて柔らかい、不思議な場所だった。

馴染んでくると、蕩けてしまいそうなほど熱く感じてきて、しだいに生き物に纏わりつかれるような蠕動を覚え始める。

ふいに、雄身がきゅううっと締めつけられた。

『あ、くぅ……ちょっと、待て……力、抜いてくれ』

『わ……わかんない』

あまりの心地よさに眩暈がした。

頭の中でひたすら、ゆっくり、優しく、を繰り返していたが、そのとおりできていたかは、今ひとつ自信がない。

動かすつもりもないのに、彼女の膣内にドンドン吸い込まれていくようだ。

それに抵抗しようと、藤臣はほんの少し腰を引く。

だが、またすぐ、奥へ奥へと引きずり込まれる感じがして……。

『ごめ、ん。ごめん……ちょっと、動く』

おそらくは無意識の、無垢なる躰が引き起こす誘惑に抗いきれず、彼はとうとう抽送を始めてしまう。

引くときのザラザラした感触にどうにか耐える。

押し込むときは一転して、膣襞に圧縮されるかのようで……。

それを片手で数えられる回数繰り返した。そして、ようやく、狭隘な蜜窟の底に届いたと思った瞬間――彼の欲棒は限界を迎えたのだった。

（あれぞまさしく、三擦り半ってヤツだったな）

たしか『ゴメン、暑過ぎて』といった、よくわからない言い訳をした気がする。

窓を閉めてからコトに及べばよかったのに、あのときは、そんなことを思い立つ余裕すらなかった。

藤臣が苦笑いを浮かべたとき、腕の中の静香もウフフッと笑う。

どうやら、彼の想像とそう変わらない夢を見ているらしい。

「ん……やぁ……えっちぃ」

二十歳で結婚したことを人に話すと、決まって、そんなに急いで決めなくてもよかったんじゃないか、と言われる。

だが、藤臣にとって静香は人生でたったひとりの女性だ。

他に選択肢もないのに、時間をかけることになんの意味があるのだろう。

腕の中の温もりに幸せを感じつつ、藤臣も心地よい眠りの中に落ちていった。

第二章　産科医はモテない？

助産師の仕事はお産の介助だけ、と思われがちだが、実際は多岐にわたる。

妊婦検診の立ち合いはもちろんだが、検診とは別に、センターでは助産師外来も設けてある。医師には聞けないようなちょっとしたことでも、気軽に質問できるように、という意図だった。

お産に関する疑問や陣痛への不安、おっぱいのケア等々。ときには妊娠中の夫婦生活に関してや、姑に対する愚痴まで聞かなくてはならないから、なかなか大変だ。

マタニティ教室も助産師主導で行うし、お産に向けてのバースプランも個々に対応する。

そして、いざ、その日を迎え――。

お産には経腟分娩と帝王切開のふたつがある。

静香たち助産師の手により、赤ちゃんを取り上げるのが経腟分娩だ。正常分娩や自然分娩、ただ〝分娩〟とだけ呼ばれることもある。

この分娩で誕生する赤ちゃんは全体の約八割。その率は医学の進歩とともに下がってきている。それは決して悪いことではなく、本来助からなかった赤ちゃんを救えるようになったということなので、むしろいいことだろう。

ただ、静香の働く国立総合周産期母子医療センターではグンと低く、四割を少し超える程度だった。

個人病院や助産所では手に負えないと判断された、いわゆるハイリスク妊婦が紹介されてくるのだから、当然といえば当然ともいえる。

そして、医師が必要となる帝王切開には二種類あった。

予定帝王切開と緊急帝王切開。このどちらも、助産師にできることは少ないのだが、センターではできる限り立ち会う決まりになっている。

理由は、緊急時以外の帝王切開では局所麻酔となるため、意識のあるお母さんへのケアが助産師の主な仕事だった。

静香たちの仕事は赤ん坊が生まれたあとにもある。

抱っこの仕方やおむつ交換、授乳、沐浴。マタニティ教室で人形を使って指導はするが、赤ちゃんの生まれたあとのほうが両親……とくに父親が必死になるのだ。

助産師外来は産後も受けつけており、最近では育児ストレスによる虐待防止や、お母さんの産後鬱に対するケアが重要視されていた。

と、まあ、静香の場合、年間二百人ほどの赤ん坊を取り上げながら、こういった業務もこなしている。プラス、新人の指導までしているわけだから、プライベートな時間は極限まで削っているといっても過言ではない。

そのすべてが、赤ちゃんの誕生と健やかな成長を願ってのこと。

お産までにはお母さんとの信頼関係を築き、笑顔でそのときを迎えたい。

のだが……そう簡単にはいかないのが世の常というヤツだろう。

「ホント、ムカつきますよね！　妊婦さんを差し置いて出張ってくる母親、それも姑って、ホント邪魔以外のなんでもない!!」

スタッフ詰所に戻るなり、新人助産師、綾川里奈が吼え始めた。

「わかるわかる。わかるけど、まあ落ちつこう、綾川」

静香は里奈の背中を叩きながら、とりあえず宥めようとする。

「でも、失礼極まりないでしょう？　水元先輩に向かって、見習いにしか見えないだの、実績を水増ししてるんじゃないかだの、勘違いさせるほうが悪いだの、あームカつく!!」

「まあ、しょうがないよね。現役ＪＫに見えるこの容姿が罪だわ、なんちゃって」

静香が笑いながら言うと、聞いていたスタッフたちが一斉に顔を背けた。

「いや、ジョークだから……お願いだから、みんなも笑ってよ！」

周囲から乾いた笑いが返ってくるに違いない、と思った直後、里奈に手を握られた。

「先輩はともかく、あたしに向かって〝ベテラン〟ってなんですか？　そりゃ、背は高いですよ。でも、平均よりちょっと高いくらいだし、それなのに、あたしって先輩より年上に見えるってことですか⁉」

「ど、どうなんだろうね」

乾いた笑みを浮かべることになったのは、静香のほうだった。

里奈が怒っているのは、たった今お産を終えた妊婦——の姑の言動だ。

『お産が始まったのに、どうしてドクターがいないの⁉　二年前にできたばかりの、最先端の病院っていうから、わざわざ移ったっていうのに』

妊婦は二十六歳の初産婦《プリミ》。結婚二年目で流産の経験もなく、母子ともに文句のない状態で、すでに臨月に入っていた。

これといったリスクもないのにセンターに移ってくる妊婦は少ない。よくよく話を聞けば、妊婦自身もこれまで通っていた病院で産むつもりだったという。

そこに口を挟んできたのが、妊婦の夫の母親だった。

地元の有力者だか、資産家だか、とにかく、この辺りでは有名な家らしい。センターが建っているこの土地も、もともとはその家の所有で、二ノ宮医療福祉大学付属病院の理事にも名前を連ねているようだ。そのため、最近よくマスコミに取り上げられるセンターで初孫を産ませたい、とねじ込んできた。

　お嫁さんは低リスク妊婦なので、経過を見守ってきた病院で産むのが一番、とセンター長も説得したらしいが……。

（自分は特別って思ってる人が、人の話を聞くわけないよねぇ）

　ところが、いざ陣痛が始まったとき、寄り添うのは助産師か看護師と知るなり、姑が怒り始めた。

『ちょっとあなた、どうしてこんな見習いにやらせてるの!?　あなた、本当にベテラン助産師なの!?　全然頼りにならないじゃないの！　ちゃんとした助産師とドクターを呼んできなさい!!』

　そう言って里奈に向かって怒鳴ったのである。

　ちなみに、『こんな見習い』と言って指差されたのは静香のほうで……。

　妊婦は姑に、担当医はセンターで一番人気のドクター、助産師は見習いの指導をしているベテラン、と伝えていたらしい。

「水元は若く見られるもんね。背が低くて、フワフワッとした感じだから」

「そうそう、頼りなさそうで、守ってあげなきゃ、と思わせるタイプ？　でも、中身は違うのにねぇ」

「姉御肌っていうか、いっそ男らしい？」

ふたりの会話を聞いていた助産師の同僚たちが、そんなことを言いながら、一斉に笑い始める。

(ここって怒るべき? うーん、面倒だ。一緒に笑っておこう)

静香もとりあえず、あははは と笑った。

すると、里奈が真面目な顔をして、

「どうして、ですか?」

「え? 何がどうして?」

「さっきの、妊婦さんのお姑さんがめちゃくちゃ言ってるときだって、先輩は笑ってましたよね? ドクターを呼べって言われたら、那智先生に来てもらって……でも、結局、自然分娩でドクターは必要なかったのに」

里奈が言うところの『めちゃくちゃ』とは、担当のベテラン助産師が静香のほう、とわかったとたん、矛先が静香に向かった点だった。それも、勘違いさせたほうが悪いと言うのだ。どう考えても逆切れである。果ては、言うとおりにしないなら、付属病院の理事会に話を通してクビにしてやる、とまで言い出した。

「でもさぁ、聞く耳を持ってない人に話す時間がもったいないじゃない。仮に、クビにされたって、どこでも助産師として働けるしね。そんなことより、赤ちゃんとお母さんのほうが大事でしょう?」

医師を呼べというなら呼ぶし、静香に怒鳴って気が済むなら、いくらでも怒鳴ってくれていい。

ただ、どうでもいいことに気を取られて、大事なことを見失いたくないだけだ。

そう言うと、とたんに里奈の瞳がキラキラと輝き始めた。

「水元先輩。私、先輩に一生ついて行きます!!」

「いやいやいや」

早く独立してください、と続けようとしたときだった。

「そうだろ？　この辺が、水元は男前なんだよなぁ」

すぐ後ろから藤臣の声が聞こえ、静香はドキッとする。

「那智……先生、先ほどはどうもありがとうございました。でも、男前はやめてください。これでもわたし、見習いに見られるくらい初々しい乙女なんですから」

「あーそれってたぶん、ほぼスッピンだからじゃない？　今どき、ＪＫでも化粧してるからね」

しれっとした顔で答える彼を見ながら、静香は無言でグーを握りしめる。

とたんに藤臣の表情が変わった。

「いや、初々しい。すっごく、初々しいと思う、うん！」

彼は焦った声で繰り返しながら、少しずつ後退していく。

そのやり取りを見ていた里奈が、スス ッと静香の隣にやって来た。

「あのー。前から気になってたので聞いちゃいますけど……先輩と那智先生って、お付き合いされてますよね？」

心の中で、

(やっぱりきたか、この質問！)

静香はドキドキしながら、藤臣が離れたことを確認してから答えた。

「ないない。お付き合いはされてないよ」

嘘は言っていない。

里奈が想像している関係でないことだけはたしかだ。

(この二年、何度となく聞かれたからね。嘘は苦手なんだけど、わりと慣れてきたっていうか……でも、きっぱり否定すると、那智の機嫌が悪くなるからねぇ)

諸事情により、ふたりが婚姻関係にあることはセンター内で秘密にしている。

主に藤臣側の事情なのだが、彼自身は納得していない。逆に、静香のほうが気を遣って、秘密にしようと説き伏せたくらいだ。

その事情とは——。

「えー、本当ですか!?　さっきだって、あの喧しいお姑さんに向かって、先輩のこと絶賛してたじゃないですかぁ」

静香の思考は、里奈によって遮られた。

「そ、そうかな？」

「そうですよ!! 彼女はこのセンター内で僕が最も信頼している助産師です、って」

あらためて言われると恥ずかしくなる。

妊婦の姑は、静香自身には出産経験がないと聞くと、

『あなたに陣痛の痛みがわかるっていうの!? 子どもを産んだこともないくせに。私はね、三人も産んだ経験者なのよ』

よく言われることなので聞き流していたが、それに答えたのが藤臣だった。

『あー、すみません。僕も産んだことないです』

『せっ、先生は男の人なんだから、当たり前じゃないの』

『いやいや、子どもを三人産むというのは大変なことですよ。ただ……だからってお産に立ち会い、赤ちゃんを取り上げた経験はないと思うんですが』

『当然でしょう？ それとこれとは、別問題じゃないの!? いったい、何を言って』

その返事を待ってましたとばかりに、藤臣はニコッとした。

『そうです。別問題なんです。そこにいる助産師の水元と僕は、実は同じ歳なんですけど、お産に立ち会った経験は彼女のほうが断然多い。すでに千人以上の赤ちゃんを取り上げていて、彼女の判断ミスで母子が危険に陥った数はゼロです』

この数字はゼロで当然、一度でもあったら進退に関わる問題だ。

だが、藤臣の口から聞くと、くすぐったい気分にさせられる。そんな静香の気持ちを知ってか知らずか、彼はダメ押しのように言った。

『ということで、水元さん、このお産に僕は必要ですか?』

静香は姿勢を正し、これ以上ないくらいの笑顔を作った。

『いいえ。お産は順調に進んでいます。現時点で、先生の出番はありません』

『だそうです。彼女はこのセンター内で僕が最も信頼している助産師です。どうか、安心してお孫さんの誕生を待ってあげてください』

藤臣から寄せられる信頼は、愛情に匹敵するほど深いものがある。

静香にすれば、泣きそうなくらい嬉しかった。

「ま、まあ、それはね、ほら、長い付き合いだから」

「そんなに長いんですか?　このセンターができて二年しか……あ、前の病院でも一緒だったとか?」

適当にごまかそうとしたが、逆に墓穴を掘ってしまったようだ。

(あ、ダメだ。さっきのフォローが微妙に効いてる。業務上のパートナーじゃなくて、ハートの天秤が夫婦のほうに寄っちゃった、みたいな)

静香がどう言い訳しようと頭を悩ませたとき、予想外のフォローが入った。

「那智先生と静香ちゃんが同じ病院で働くのは初めてじゃないかなぁ。僕は新米助産師だった静香ちゃんのことをよーく知ってる。通算で五年の付き合いだからね」

軽いテンションで口を挟んできたのは、新生児科の自称エース、長浜新太郎《ながはましんたろう》医師だった。

学生時代、水泳でインターハイに出たことがある、というのが自慢で、たしかに白衣の上からでもわかる立派な体形をしていた。一重の瞼がコンプレックスと聞いたことがあるが、その分、柔和なイメージなので小児科や新生児科の医師としてはプラスだろう。

三十五歳という年齢から、藤臣より医師としての経験は上だ。

出身大学が二ノ宮医療福祉大学ということもあり、センターのオープニングスタッフとして招かれた医師のひとりだった。

静香が長浜と出会ったのは、大学卒業時に採用された都内の総合病院。

助産師の仕事は勤め先によってかなり変わってくる。個人病院では、新人はベテラン助産師のサポートに入り、下積みで自信をつけたあとに独り立ちといったケースが多い。反対に、お産の数が多い総合病院では、ベテランのほうがサポートにつき、新人にはドンドン子どもを取り上げさせてくれる。

メリット、デメリットはどちらにもあるが、一日も早く一人前になりたかった静香の場合、後者となる総合病院を選んだ。

当時はとくに隠す必要がなかったため、那智静香と名乗っていた。

長浜はそのころの静香を知っている。当時の長浜は、知り合った独身女性はひと通りデートに誘うのが礼儀、と言って憚らない男だった。彼はその言葉どおり、静香にまで声をかけてきたのだ。今でも新人に見られる静香だが、そのころは中身も頼りない新人で、間違っても既婚者に見えなかったのだろう。静香が結婚していることを告げると、不埒な誘いはなくなったので、彼なりのポリシーの持ち主なのだと思う。

ちなみに、再会後の第一声は『離婚したの？』だった。

「同僚を〝ちゃん〟付けで呼ぶのはセクハラだと思うんですけど」

里奈がボソッと呟く。

彼女は静香と違って、看護師として勤務した経験がある。看護師時代、軽薄な医師に嫌な思い出があるらしく、今もやたら親しげに話しかけてくる男性医師には愛想が悪い。

長浜は決して、その手のチャラい医師とは違うと思うのだが、

「でも、名前の呼び捨てはちょっと……それとも、苗字で呼ぼうか？」

（ひょっとして、違わなかったりする？）

さりげなく脅されている気がするのは、たぶん気のせいだろう。

「名前でいいです」

こんなところで『那智』と呼ばれたら、いろいろと面倒なことになる。

だが、言われっ放しの静香ではない。

「でも、わたしも後期研修医として新生児科に入ったばかりの長浜先生のこと、しっかり覚えてますから。あーんなことやこーんなこと、ぜーんぶ話しちゃおうかなぁ」

「あ……それはやめて。お願いします、静香ちゃん、いえ、静香さま」

辺りに笑い声が広がる。

その瞬間、静香は後頭部に突き刺さるような視線を感じるのだった。


午後の外来は藤臣の診察室に入る。

外来は予約制なので、カルテはすでに順番どおりに用意されていた。

気になる妊婦の名前があったことを思い出し、静香は昼食を後回しにして、診察室に立ち寄った。

決して、藤臣に会いたいとかではない。

(うん、違う。妊婦さんのことを理由にして、人目のないところで会いたかった、とかじゃないから。だって、長浜先生のことで言い訳する必要なんてないし……)

あの視線の主は藤臣に違いなかった。

長浜とは最初の病院で一緒に働いていたこと。そのせいで、長浜は静香の苗字を那智と覚えていること。とっさに『那智さん』と呼ばれたら、静香も『はい』と返事してしまいそうなので、あえて名前で呼んでもらっていること。

そう言った理由を何度となく説明している。

だが、ちょっとでも長浜と昔話に花を咲かせようものなら、どこかから必ずチェックしていて、その日はしばらく不機嫌になるのだ。

もちろん仕事には影響しないが、その夜が……。

(やたら激しいっていうか、意地悪モードを発動するっていうか。まあ、嫌じゃないんだけど……待って、ちょっと待って、別に激しくしてほしいってわけじゃないわよ)

休憩時間とはいえ、勤務中にふさわしくない思考になっていく。

静香が妄想を振り払おうとしたとき、

「これはこれは、初々しい助産師の水元さんじゃないですか。午後の診察には早過ぎる時間だと思うんですが」

慇懃無礼な藤臣の声が聞こえ、静香は彼の不機嫌を確信した。

冷静に、冷静に、と口の中で唱えながら、彼と同じ口調で言い返す。

「これはこれは、那智先生、休憩中だとばかり思ってました」

「ふーん、昼休憩で誰もいないのを見計らって、ここでなんかしようと思ってたわけ？　男と待ち合わせて院内デートとか」

一瞬で冷静さが吹き飛ぶ。

「馬鹿なこと言わないで！　次にこの部屋を使うのが那智だってわかってて、誰と会うっていうのよ！」

呼び捨てにしたことに気づき、慌ててドアのほうに目を向けた。

だが、この時間、待合室に通じるドアはしっかり施錠されている。彼が入ってきた診察台の奥にあるドアも、こちらから見る限り、きちんと閉まっており、どうやら鍵もかけてあるようだ。

「あー、いや、だから……思い出した！　三十五週の戸川《とがわ》さん、今日の診察で管理入院の日程が決まるって聞いたから、カイザーか分娩かも、今日決まるのかなって」

藤臣と顔を合わせたときの言い訳を思い出し……。

いや、違う。思い出したのは、診察室にやって来た理由だった。

「ああ、分娩希望の戸川さんね」

言うなり、藤臣は大きなため息をついた。

「管理入院でできる限り妊婦の希望に寄り添う、というのがセンターの方針。俺的には、入院後に説得して、予定カイザーに持ち込みたい」

戸川早苗《さなえ》は、妊娠後期に入って低置胎盤と診断された妊婦だ。

低置胎盤とは、前置胎盤と違って胎盤が子宮口を覆うほどではない状態のこと。帝王切開のほうが母子ともに安全だが、自然分娩が可能な場合もある――といった、医師によって判断がわかれるケースだった。

そしてこういった場合、藤臣は必ず安全策を取ろうとする。

理由はひとつしかない。藤臣の母の死因が、この常位胎盤早期剝離。いわゆる〝ソウハク〟で、結果、大量出血を引き起こして母体死亡に至った。

「助産師から見れば、俺はやたら切りたがる面倒くさい医者なんだろうな」

静香は何も言ってないのに、どうもやさぐれている。

「世間でも、産科医より小児科医のほうがモテるし。中でも、新生児科医っていうだけで、わーすごーいって言われるんだ。それに比べて産科は……最近は多少イメージアップしたけど、俺が高校のときなんか、産科医目指してるって言うだけで、なんかヤラシイとか、変態っぽいとか言われたんだぜ」

段々、昔の愚痴まで出始めた。

「那智先生、それは、もっと女の子にモテたいって愚痴でしょうか？」

「……嫁が、新生児科医と浮気しそうって愚痴だよ」

「嫁って言わない！」

「おまえのほうが声大きい」

ハッとして口元を押さえる。

「あのね、そもそもは、二ノ宮理事長が言い出したことなんだから……わたしに八つ当たりしないでよ」

「だーかーらー、無視すりゃいいって言ったのに、安請け合いするおまえが悪いんだろ」

「そうは言うけどねぇ」

二ノ宮理事長とは――。

国内にいくつかある産婦人科学会の理事であり、二ノ宮医療福祉大学や付属病院、そして、このセンターを含む関連グループの長。かつ、キャリア五十年を軽く超える産科医で……。

ようするに、日本の産婦人科医を代表するような人物だった。

国立大学出身の上、大学の医局にも属さない在野の医師、藤臣とは顔を合わせる機会すらないのが普通だろう。

一介の助産師である静香から見れば、それこそ雲の上の存在。

だが、二ノ宮理事長と藤臣には、切っても切れない関係があった。

それを思い知らされたのが、二年と少し前。センターのオープニングスタッフにふたり揃って採用され、最先端の場所で一緒に働ける、と喜んだあとのことで……。

二ノ宮藤臣――彼は生まれてから四年余り、そう呼ばれていた。

なぜなら、藤臣の父親、二ノ宮修は、二ノ宮理事長のひとり息子だったからだ。

彼は父親の決めた婚約を断り、同じ付属病院で働く看護師、恵と結婚した。だが、ボンボン育ちの修が親元を飛び出しても、まともに生活できるわけがない。周囲はそんなふうに思っていたらしいが、そうはならなかった。心根の優しい彼は、もともと権威主義の付属病院勤めには向かない性格だったようだ。父親の拘束を解かれ、しっかり者の恵に支えられ、修は地方の個人病院でイキイキと働いていたという。

だが、その支えを失ったことで、修の心は一気に崩れた。

医師として働けなくなっただけでなく、アルコール依存やうつ病といった診断を受けて入院。長男の達彦《たつひこ》まで施設に預けることになったとき、行政の判断で実家の二ノ宮家に連絡が取られたのである。

かたや、二ノ宮理事長はまさに権威主義の権化ともいえる人物だった。

彼は自分に逆らった息子を決して許さず、子どもたちの親権を放棄させた上、施設から、長男の達彦だけを引き取っていった。

光子先生は『兄弟を引き離すのは可哀相』と訴えたらしいが、『仮死状態で生まれた次男より、長男のほうがマシ』と言ったらしい。

しかし、それを幼い藤臣に言うわけにもいかず……。

父や兄に会いたいという藤臣に、光子先生はこんなふうに言っていた。

——父方のおじいちゃんは高齢のため、ふたり一緒に引き取れなかった。お父さんが元気になって退院したら、きっとお兄ちゃんと一緒に会いに来てくれる。家族が一緒に暮らせる日が来るまで、おばあちゃんと一緒に頑張ろうね——と。

まさか、二ノ宮理事長が達彦を孫としてではなく、養子縁組までして引き取ったことなど知らない。藤臣には二ノ宮姓を名乗らせず、財産の相続も可能な限り阻止すると宣言したことも、知る由もなかった。

何も知らない藤臣は、小学六年の夏休み、二ノ宮家の住所を調べて会いに行くことを計画する。高齢の祖父と、祖父の面倒をみながら慎ましく暮らしているであろう達彦に会いたい一心だった。

藤臣はその計画を、静香にだけ話してくれた。

『来年には中学だしさ、俺から会いに行ってもいいと思うんだ。親父がまだ入院してるんなら、見舞いにだって行きたいし、兄貴の力になりたい。ばあちゃんに内緒にできるんなら、静香も連れて行ってやってもいいぞ』

小学生になって以降、藤臣は光子先生の前で父親や兄の話をしなくなった。仕事が忙しくて、藤臣に寂しい思いをさせている。本当は父や兄と一緒に暮らしたいはずなのに。といった気を遣わせないためだ。

でも静香には、藤臣の本心がわかっていた。

自分はひとりぼっちではない。父や兄という家族がいる。そう確信したいのだ、と。その一方で、ひとりで会いに行くのは不安で、静香についてきてほしいと思っていることも。

『うん、内緒だね。うちの親にも内緒にする。パッと行って、パッと帰って来よう！』

静香にすれば、ちょっとした夏休みの冒険気分だったことも否めない。

だが、その住所が成城《せいじょう》の六丁目、しかも一戸建てという時点で気づくべきだっただろう。

二ノ宮と表札を掲げた門柱は見上げるほど高く、小学生がコッソリ入りたくても、頑丈な鉄製の門に阻まれていた。

しばらくそこで待っていると、近づいてきた車の運転席の窓が開いた。

『おい、車の出入り口付近で遊ぶんじゃない』

運転手の声につられて顔を向けたとき、開いた後部座席の窓から車内が見え、藤臣は兄、達彦の姿を見つけたのだ。

『あ、あの、兄さん？　達彦兄さんだよね？　俺だよ俺、えっと、藤臣です。兄さんに会いたくて……あ、ひょっとして親父もここにいるの？　すっげえ家で、俺ビックリして』

藤臣の顔は、見るからに嬉しそうだった。

達彦もきっと同じ顔をして、車から降りてきてくれるのだろう、と。静香はそう信じて疑わなかった。

だが——。

『二ノ宮修なら、二年前に死んだ。僕は二ノ宮信治《しんじ》の子どもで、弟は——いない。おまえなんか知らない！　帰れ！』

五歳違いと聞いていたので、高校生だったと思う。

眼鏡をかけた神経質そうな青年は、小学生の弟に向かって父親の死を告げた挙げ句、恫喝したのだ。

静香の目には、鬼か悪霊でも乗り移っているように見えた。悔しいが、足が竦んでひと言も言い返せなかったように思う。

藤臣も同じだったのかもしれない。

ふたりは声もなく、自動的に開いた門をくぐり抜けていく車を見送った。

しばらくして、何もなかったかのように門が閉じ、五分が過ぎ、十分が過ぎ、辺りが暗くなってもふたりはその場に立ち尽くした。

『アイツ、親父が死んだって言った？　兄貴じゃなかったのかな？　なんかもう、よくわかんねぇよ』

泣きそうな藤臣の声を聞いた瞬間、静香は門の鉄柵に足をかけていた。

『行くよ、藤臣！』

腹の底から声を出すと、ジャングルジムを登るようにサクサクと上がっていく。

『行くって、どこに？　お、おい、おまえ……な、何してんだ？』

『ピンポン押しても相手にされないし、だったら、中に入って直接聞くしかないじゃない』

『で、でも、ヤバくないか？』

『だって、あんたのお父さんが死んだって言われたんだよ⁉　ちゃんとしたこと聞くまで、わたしは絶対に帰らない‼』

そう言って乗り越えた結果――。

番犬のシェパードに追いかけられ、帰宅した二ノ宮理事長には警察に通報され、ふたりの冒険はパトカーに乗せられて警察署に連行されるという、とんでもない終わりを迎えたのだった。

当然、迎えに来てくれた静香の両親や光子先生から大目玉を喰らうと思っていたが、

『ごめんね、藤臣。しーちゃんもごめんなさい。ずっと嘘をついてた。本当のことを言わなかった。全部私が悪いの』

光子先生はこのとき初めて、藤臣の父親がすでに彼の親権を放棄していることを教えてくれた。そして二ノ宮の祖父が、なんらかの障害を持っているかもしれないことを理由に、藤臣の養育を拒否したことも。

だがまさか、父親の死すら知らせず、訪ねてきた孫を警察に突き出すような真似をするとは、光子先生も思わなかったようだ。

『医者ってね、人の命を救う仕事でしょう？　それを繰り返していると、自分を神様のように思い始める人がいるの。二ノ宮先生はそういう人に見えた。だから、達彦も私が引き取りたかった。ごめんねぇ……お父さんも、お兄ちゃんも、いなくなっちゃった』

泣きながら謝る光子先生の姿を見た直後——。

『なんで、ばあちゃんが謝るの？　親父のことは……ばあちゃんのせいじゃない。兄貴のことだって、俺だけ幸せで悪いなって。だから……よかったよ、兄貴も幸せそうで』

顔を上げ、胸を張って——藤臣は屈託のない顔で笑った。

今ならわかる。彼はあの日、たった十二歳で大人になったのだ。

それが今、まさかこんな形で二ノ宮と関わることになろうとは——。

「わかってるわよ」

「何を？」

「これって、結局のところ、二ノ宮理事長の嫌がらせなわけでしょ？」

「……」

藤臣が二ノ宮理事長に再会したのは二年と少し前、不法侵入で警察に突き出されてから十六年後のこと。

大学の付属病院と連携する新設の国立総合周産期母子医療センター、藤臣は大学の先輩から、そこで働かないかと誘われた。助産師も募集していると言われ、静香もエントリーしてすぐ、採用通知をもらった。

ふたりが長年思い描いてきた夢は、光子先生の後を継ぎ、那智産婦人科でふたり揃って働くことだ。

その夢を叶えるためにも、それぞれの立場で最先端の産婦人科医療を学び、経験を積んで、自信を持てるようにならなくてはならない。

そういった点でも、センターで働くことには大きな意味がある。

藤臣が、静香も一緒に、と誘ってくれた理由はそこにあると思う。

だが、静香にはもうひとつ理由があった。

彼のことはきっと誰よりもよく知っている。そして、光子先生に憧れて産科を志した者同士、医療従事者としての心構えも同じはずだろう。

しかし、大学も勤務先も別だったため、医師としての藤臣の姿は見たことがなかった。

一人前になることが、もちろん最優先だ。それでも、光子先生のもとに戻る前に、藤臣と一緒に働いてみたかった。

（でもなぁ。それがまさか、二ノ宮関係の病院になるとは……）

センターの名称を聞いたとき、静香は完全に国立の施設だと思っていた。

すぐに二ノ宮が関係していると知ったが、

『那智は知ってたんだよね？　それでどうして？』

『どうもこうも、医者なんて狭い世界じゃないか。おまけに、やれ出身大学が、恩師が、医局が、と縦も横もしがらみだらけだ。同業を選んだ時点で二ノ宮とのニアミスくらい覚悟してたさ。採用したんだから、向こうも同じ考えなんだろ。仕事は仕事ってこと』

彼からはクールな答えが返ってきた。

ところが、その予想に反して、正式な採用が決まった直後、ふたり揃って付属病院の理事長室に呼び出されたのだ。

静香が二ノ宮理事長と顔を合わせたのは、このときが初めてだった。その昔、自宅を訪ねて不法侵入で捕まったときは、直接会ったわけではない。

当時は現役の医師で、付属病院の院長をしていた。八十代となった現在、医師としての登録はあるものの診察はしておらず、名誉職の肩書だけいっぱいある状態らしい。しかも、名医と呼ばれ、かつては多くの患者から慕われていたというのだから……。

静香にすれば、孫を見捨てた男がどうして、という複雑な心境だ。

ただ、重厚感漂う家具でコーディネートされた理事長室の正面奥、黒い革張りの大きな椅子にちょこんと座った姿は、好々爺と言われたらうなずきたくなるのはたしかだった。

ひょっとしたら、二ノ宮理事長も変わったのかもしれない。

なんといっても、彼が藤臣を見捨ててから、およそ四半世紀が過ぎている。人生の終焉が近くなり、過去の過ちを悔い、新しく関係を築きたいと思っているとしたら？

という淡い期待は、次のセリフで見事に打ち砕かれた。

『おまえに、医者になるだけの知恵があったとはな。しかも、嫁まで連れて来るとは……まったく、面倒なことをしてくれたものだ』

藤臣と静香を交互に見ながら、苦虫を噛み潰したような顔で言った。

ムッとして言い返したくなったものの、藤臣に視線で制される。

『とにかく、これ以上の面倒を起こさんでくれ。顧問弁護士と相談して、いくつかの注意事項を記しておいた。従わんというなら、相応のペナルティがあると思っておけ』

言うなり、一枚の紙をデスクの上に放つ。

そこに書かれた注意事項のひとつが、センター内ではふたりの婚姻関係を伏せること、だった。

同じチームに夫婦がいるのは、周囲にいい影響を与えない。ここは個人病院ではないし、付属病院なら医師と看護師が結婚すれば、女性は退職するか別の科に移動してもらう、と。

医師同士の結婚ならどうするのか、それに、静香は看護師ではなく助産師である。

そういった反論はいくつもできたが、彼女より早く、藤臣が答えた。

『僕らが従うのは、事前面接で承諾した条件だけです。それ以外は、どうしてもというなら、この書面を上に持ち込みます。おおやけに審査してもらいましょう』

藤臣はいつもと変わらない、極めて冷静な上、飄々とした口調だった。

逆に、二ノ宮理事長の顔色が変わる。

上に持ち込んでも、その上を束ねているのが二ノ宮理事長なので無駄に思えなくもない。だが、黙っていろと言われました、と公表した場合、向こうのマイナスイメージは甚大だろう。そもそも、公表しただけで、こちらとしては目標達成だ。

(那智って賢い！　今さらだけど)

夫の言動に感動していると、いつの間にか立ち直っていたらしく、二ノ宮理事長は忌々しげに言い捨てた。

『なら、勝手にするとよかろう。だが、残念なことだ。地域の周産期医療の要を担うはずが、開始直前に大幅な予算削減になるとはな。出産数だけでなく、ＮＩＣＵの稼働も半減するだろう。救える命を見殺しにする羽目になる。誰にとっても気の毒なことだ』

残念やら、気の毒やら言っているが、実際のところは脅迫にも等しい。

(やっぱりこの男、医者の風上にも置けないじゃない!?)

あまりの言い様に静香は絶句した。

だが藤臣のほうは、さすがに堪忍袋の緒が切れたようだ。

『なんだ、それ？　あんたは刑事ドラマの犯人か？　人質が死んだらおまえのせいだって？　そんなもん知るかよ！　いっそ、理事長権限で採用撤回したらどうだ!!』

次は確実に、自分から辞めると言い出すだろう。

辞めるのはかまわない。藤臣は研修医時代から、縦横のしがらみからできるだけ離れてきた。彼の腕や将来性を買ってもらって、勤務医を続けてきたようなものだ。

そんな藤臣が『二ノ宮とのニアミスくらい覚悟』してでも、働いてみたいと思った場所がこのセンターだった。

魅力があるからこそ、静香のことも誘ったのだろう。

そう思った瞬間、静香は藤臣と二ノ宮理事長の間に立っていた。

『わかりました！　でも、助産師としての登録は本名でしかできませんので、事務局には理事長から話してください。センター内では、旧姓で通します。周囲に悪い影響を与えないよう努力するってことで、それでいいんですよね？』

これが、藤臣が言うところの〝安請け合い〟である。

静香が二年前のことを思い出してため息をつこうとしたとき、ひと足早く、藤臣の口からため息がこぼれた。

「もう、いいんじゃないか？　二年も年寄りの茶番に付き合ったんだ。そろそろ公表したって、なんの問題もないだろう」

「それって、理事長が許可したってこと？」

「なんであいつの許可が必要なんだ？　あれはただの口約束で、正式なものじゃない。っていうか、俺は口約束もしてないけどな」

横を向いたまま、藤臣はボソッと呟く。どうやら、まだ不機嫌なままらしい。

「全部、わたしのせいってこと？」

「そうは言ってないだろ」

今日はあまりにもしつこ過ぎる。

苛立ちのまま、静香は叫んでいた。

ただ、できるだけ、小さく、掠れるような声で。

「言ってるじゃない！　第一、なんて言って公表するわけ？　センターで出会って交際を始めて、このたび結婚しましたって嘘でもつく？　それとも、来年二月には結婚十周年ですってホントのこと言う？」

言葉にするごとに頭が冷えてくる。

そして、自分の中にある一番大きな心配ごとに気づいてしまう。

以前、里奈が言っていた。

『若いのに腕がいいって評判だし、ナースや助産師を見下したりしないし、なんたってイケメンだし。一番人気のドクター』

その人気とは、センターで働く独身男性医師のランキング。多くの女性が、最適な結婚相手として藤臣を見ているということ。

それに気づいたとき、静香は大きなショックを受けた。

高校卒業まで、藤臣は静香だけのものだった。周囲も当たり前のように、そう認知していたと思う。その状況で、彼女から略奪しようという猛者などいるはずもない。

加えて彼は、高校生にあるまじきオカン系男子だった。料理や裁縫、掃除など、女子以上に器用にこなして、しかも口うるさい。その上、いかに成績がよくとも、頑なまでに産婦人科医志望となれば……モテる要素は激減するだろう。

大学でも、そして医師となってからも、彼がいかに誠実で、理想の旦那様であるかということは、静香だけが知っている秘密、そう思っていたのに。

それでも、最初は優越感を覚えることもあった。

だが、同僚たちの人となりを知るごとに、その思いは罪悪感へと変わっていき――。

(ホントのことを言ったら、那智はともかく、わたしは絶対に恨まれる。今日だって、綾川に嘘ついたばっかりだし)

今でも現役で頑張っている光子先生だが、来年には八十歳になる。助産師の晴子も大差ない。そのせいか、ここ数年、お産を扱う数はかなり減っていると聞く。

静香たちがセンターに勤めていられるのは、あと一年、長くて二年。それくらいなら、いっそここを去る日まで、嘘を通したほうがいい、という考えは逃げだろうか？

その後ろ向きな気持ちは、藤臣にも伝わったらしい。

「じゃあ、あと一年か二年、俺は嫁さんが他の男とじゃれ合うのを、黙って見てるのか？」

これ以上ないくらい、ムスッとした顔だった。

「じゃれ合ってなんか……っていうか、あの理事長だよ。わたしたちが無視したら、マジでセンターの予算減らしそうじゃない？」

「……」

「そりゃあ、いざってときは辞めたらいいんだろうけど……でも、実際問題、わたしたちがサクッとシフトから抜けたら、みんなに迷惑かけると思わない？」

「……」

「とにかく、長浜先生とはなんでもありませんから！　理事長関連の問題がなくなったら、公表することもやぶさかではない、という方向で……」

藤臣が答えないのをいいことに、静香は言い逃げを決めたのだった。

☆　☆　☆
(あー、なんかヤバイかも)

ちょっとした夫婦ゲンカから、あっという間に五日が過ぎ――。

以前なら、ケンカしたまま仕事に出るものの、次に顔を合わせたときには、普通に話していた。丸一日、あるいはそれ以上会わないのだから、ケロッと忘れてしまっても無理はないということか。

だが今は同じ仕事場だ。

勤務中は他人行儀な態度を取らざるを得ないため、それが怒りに微妙な拍車をかけている気がする。

(そうだよねぇ。結婚して以降、こんなに一緒って初めてだもん。そうか、一緒だとケンカって長引くんだ)

しかも忙し過ぎて、自宅でもすれ違いばかりだ。

ベッドの上で仲直りする時間も持てないのだから、どうしようもない。

引き継ぎを終えたあと、静香は大きなため息をつきながらパソコンに向かう。

ほとんど立ちっ放しで動き回ることの多い仕事だが、この時間だけはスタッフ詰所のデスクの前に座る。

そのとき、里奈が詰所に駆け込んできた。

「先輩、先輩、先輩、聞きました!?」

「綾川……ハートは永遠の十八歳だけど、身体は二十代後半なの。仕事終わりだから、いい加減疲れてるんだよね。頼むから、日本語しゃべってくれる?」

静香はパソコンに向かったまま答える。

二ヵ月ほどの付き合いだが、この口調はおそらく妊婦に関することではない。○○先生が離婚の危機らしい、看護師の××さんに恋人ができたんだって、といった、いわゆるセンター内ゴシップの類だ。

すると思ったとおり、

「だって意外過ぎて……昔の女? 忘れられない女? 合コンにも全然乗ってこないって聞いてたから、すっごい堅物に思ってたんですよ。それが、こんな訳アリなんて」

「いや、だから、日本語をね」

「産科は女の先生も多いし、評判もいいのに、色っぽい話はゼロでしょう? 一番の仲よしが先輩に見えたから、ナイショの関係なのかなぁって思ってたんですけど」

そこまで聞いて、静香の手が止まる。

「それって……」

「那智先生ですよ！　ほら、ネックレスって意外だなって思ってたんですけど、ナースの美園《みその》ちゃんが見たんですって。ネックレスにプラチナっぽいリングがついてたって」

ドキンと鼓動が跳ね上がった。

襟元を触る真似をしながら、左胸辺りにソッと触れる。

「へえ、でも、そういうネックレスってあるんじゃない？　ドクターの中には、ゲン担ぎのお守り？　そういうのを首から下げてる人もいるし」

「あーでも、美園ちゃんが聞いたんですよ。恋人とのペアリングみたいですねって。そしたら、黙り込んじゃったって」

高瀬《たかせ》美園は二十一歳、センターにこの春採用された新人看護師だ。

助産師一年目の里奈とは同期になるが、看護師として働いた経験がある里奈のことを、看護師の先輩たちより頼りにしているらしい。

ふたり揃ってセンター内ゴシップに興味がある点も、気が合う理由のようだ。

そして藤臣がネックレスにつけているのは、間違いなく結婚指輪だった。同じデザインの指輪が静香の胸元にもある。

病院の規模や方針にもよるが、医療関係はアクセサリー不可のところが多い。

センターも指輪、ピアス、イヤリング、腕時計が不可となっている。結婚指輪ももちろんＮＧ。ユニフォームに隠れるネックレスだけはＯＫだった。

これまでの病院もそういったルールが多く、ふたりは結婚当初から、ネックレスに通して肌身離さず身につけてきた。

静香はうっかり飛び出したりしないように、ブラジャーの紐に巻きつけカップの中に入れておける長さにしている。

藤臣も同じだ。インナーまで脱がないと簡単に人目につくとは思えない。

静香は慌ててパソコンに目を向け、そのことを口にする。

すると、里奈は予想外の返事をした。

「羊水かぶっちゃったそうです」

「え？　那智先生が？」

分娩介助で破水が起こると、タイミングしだいで頭からかぶってしまう。経験を重ねるごとに慣れていくものなので、藤臣も避けるタイミングを心得ていたはずだ。

だが実際にかぶってしまい、急いで着替える羽目になり、看護師の目に映ってしまった、というのが真相だった。

「そうなんですよ！　ここ二、三日、ちょっと変なんですよねぇ。体調が悪いのか、ボーッとしてるときもあって……って、先輩もちょっと変かも」

「なんで、わたしが」

思わず声が裏返ってしまう。

忙しなくキーボードを叩き続け……。

「いや、だって、エンター押しっ放しですよ」

所見の欄が真っ白のまま、次のページまでいってしまっている。

「こ、これは、動揺してるわけじゃないから。だって、那智先生だってもう三十だし、女性のひとりやふたり、いてもおかしくないっていうか」

言ったあとから、『ふたりはダメだけど』と口の中で呟く。

「だから、付き合ってる女性なら、普通にイエスって答えたと思うんですよね。でも、明るい那智先生が黙り込むっていうのは、絶対訳アリですよ」

たしかに、訳アリには違いない。

十年目の結婚指輪を首から下げています——と、静香の気持ちを無視して、一方的に公表してしまう彼ではない。

(わたしのせい？　那智はわかってたんだよね。いくら理事長命令とはいえ、嘘をついたら、あとになってつらくなるって)

それだけではない。

これまでよりずっと近くにいるのに、夫婦として寄り添うことができない。そのせいで、些細な夫婦ゲンカの仲直りひとつできないなんて。

「那智先生って三十歳なのかぁ。ってことは、水元先輩も三十……ほ、ほら、同じ歳だっておっしゃってたから」

「まだ二十九!! 同じっていっても、わたしは二月生まれで……あ」

静香は忘れていたことを思い出した。


十九時過ぎ、どうにか残務処理を終えて、静香はセンターを出る。

バッグからスマホを取り出し、バスの時間がギリギリなことに気づき、走ろうとしてすぐにやめた。

来週には六月に入る。

六月の第一週には藤臣の誕生日があった。

彼の誕生日は、静香の家でお祝いする。子どものころ、それは当たり前の出来事だった。

光子先生が忙しいからという理由もある。だが何より、自分の誕生日が母親の命日であることを、藤臣が思い出さないように、と。

静香にとってそれが一番の願いだった。

(来週までには、仲直りしなきゃね。誕生日だけは、那智をひとりぼっちにはしたくないもの)

新緑に彩られた並木道を歩きながら、六階建てのセンターを仰ぎ見る。

建物は白をベースにして、ブルーを差し色に使った大胆なデザイン。二年経っても充分に真新しい。

これから一緒に働けると、ワクワクしながら見上げたのが昨日のことのようだ。

ただ、その向こうに建つ十二階建ての付属病院が、こんなにも重くのしかかってくるとは、さすがに想像できなかった。

静香は、ハアアァァと肺が空っぽになるくらいの大きなため息をつく。

そのとき――プップッと、斜め後方から軽くクラクションが鳴らされた。

（やだ、車道にはみ出てた？）

慌てて周囲を見回すが、彼女が立っているのは間違いなく歩道の上。

振り返ると、そこには見慣れた自動車が超スロースピードで走っていた。

「そこの、見た目はＪＫの助産師さん。お疲れみたいなんで、家まで送りましょうか？

ああ、もちろん、エッチなことはしないんで」

夫婦ゲンカなど忘れたような藤臣の口調に、静香は脱力しそうになる。

今日は珍しく、静香と同じ程度の残業で済んだようだ。

彼が自動車を使う理由はふたつ。定まらない出退勤時間に対応するためと、医師同士のしがらみで飲み会に誘われたとき、無難に断るためだと聞いている。

だがこの二年、帰宅途中に静香を誘ったりしなかった。

彼のほうから、仲直りしようとしているのかもしれない。

そう思いながらも、

「誰かに見られたら、あとで何か言われそうなんで」

そんなふうに答えてしまう自分が憎い。

(可愛くない。ああ、全然、可愛くない。わたしの馬鹿、馬鹿、馬鹿)

藤臣だって同じように思っただろう。

「あ、そう。じゃあ、水元さん、お疲れ様でした」

言うなり、顔を引っ込め加速する。

静香はその場から一歩も動けなくなった。

直後、車は急停止し、他に車が走っていないのをいいことに、ガーッとバックして戻ってきた。

「もう、降参。俺が悪かった。理事長関係は責任持って話つけるし、見られた言い訳も俺がするから、な、乗れよ」

静香は無言のまま、タタッと助手席側に回って、そのまま乗り込む。

気まずい沈黙が広がる中、車は走り始め……あっという間に敷地内から出た。

その瞬間、肩から力が抜けていった。

「ごめん……なさい」

静香は小さな小さな声で謝る。

すると、

「お！　水元が謝った。——雪でも降るんじゃないか？」

「そ、そんなに珍しくないでしょ。わたしだって……来週、那智の誕生日だって気づいて、それまでに、仲直りできなかったらどうしようって」

窓のほうを向き、流れる景色を見ながらボソボソと白状する。

だが、無意識だったので、正直に言い過ぎたようだ。

「ってことは、俺の誕生日を忘れてたわけだな」

「え？　あ」

「そうかそうか、あと一週間もないのに、プレゼントは用意してないし、ノープランってことか」

と言ったきり、黙り込んでしまった。

せっかく仲直りできそうなのに、不味いことを言ったかもしれない。

静香は運転席のほうにチラッと視線を向けた。

髪がちょっと濡れている。羊水をかぶったというから、シャワーでも浴びたのかもしれない。湿った髪がブルーブラックに艶めき、妙にセクシーでドキドキしてしまう。

着ているものは、Tシャツに紺色のワイドパンツでいつもと変わりない。上から羽織ったカーキ色の麻シャツがちょっとオシャレなくらいだろう。

それなのに、こうしてあらためて見ると、モテないと愚痴るのが不思議なくらいイイ男に思えてきて……。

そんな静香の視線に気づかないのか、藤臣は無表情のまま前を凝視している。

(ん？　なんか、違う？)

ジーッと見続けると、しだいに口角がピクピクと動いた。それはあきらかに笑いを堪えている顔だった。

「ちょっとぉ、わたしで遊んでる？」

「いやいやいや、旦那の誕生日忘れるって、それはないだろう。違うか？」

「それはっ！　それは、それは……違わないけど。でもっ！　ちゃんと連休は取ってるんだから」

嘘は言っていない。

三ヵ月前はしっかり覚えていて、ちゃんと連休を申請してある。

特別な料理を作るにしても、デートして素敵なレストランで外食するにしても、はたまた、藤臣がオンコールで呼び出されたとしても、どんなケースにも対応できるように、と考えた結果だ。

というのも、以前、ギリギリのタイミングで調整して、思いどおりにいかず、せっかくの誕生日を夫婦ゲンカで潰してしまったという経験則からである。

「俺も取ってるよ連休。しかも、今度ばかりはオンコールもなし」

「え？　本気？」

「もちろん。超本気で休み取ったのに、忘れてたって」

「う……」

オンコールなしで調整なんて、藤臣にすれば珍しい。

十連勤明けのやっと取れた休日に、上司から『悪いんだけど、オンコール入れてもいいかな』のひと言に『いいですよ』と即答するくらいの仕事好きだ。

「これはペナルティだから、誕生日は俺の言うとおりにすること」

「言うとおりって……まさか、エッチな命令とか？」

「エッチな命令をしてほしいだって？　よし、わかった。ちゃんとリストに入れておくから、期待しててくれ」

彼は笑いながらハンドルを切る。

ふたりの間に流れる久しぶりの空気に、静香も笑みがこぼれてしまう。

藤臣の運転は嫌いじゃない。ハンドルを握っても人格は変わったりしないし、時折聞こえてくるアニメソングの鼻歌も耳に心地よい。

でも、彼が運転するのはセンターへの往復がほとんどだ。

静香が助手席に乗せてもらえるのは、片道一時間半の実家に帰るときくらいしかなく。

(あー、もう、着いちゃった。自家用車ルートだと、二十分もかからないんだよねぇ。なんか、残念)

車がガコンと揺れ、マンションの地下駐車場へとスロープを下り始める。

バックで駐車スペースに車を入れ、エンジンが止まった。

「那智先生、送っていただいてありがとうございました。じゃあ、この辺で」

静香はふいに彼の言葉を思い出し、わざとらしく会釈して車を降りようとする。

藤臣もその思惑に気づいたらしい。

「ここは――那智先生、コーヒーでも飲んでいってください――だろ?」

「だって、エッチなことはしないんでしょう?」

ちょっと上目遣いになり、人差し指で彼の太もも辺りをツンツンと突つく。

とたんに藤臣が顔を寄せてきて、

「こらこら、そんなことしたら勃っちゃうだろう」

色っぽい声でささやいた。

「もう、家に帰って、奥さんとエッチしてください」

「させてくれるかな? 最近、ちょっと怒らせちゃってね。ベッドで仲直りしたくても、タイミングが合わなくて、手が出せないんだ」

どうやら藤臣も同じ心配をしていたようだ。

「えーっと、今夜は大丈夫。っていうか、奥さんも待ってるんじゃないかなーって」

自分で言って恥ずかしくなってくる。

そのとき、藤臣の唇が耳たぶに押し当てられた。

熱い吐息とともに、

「何、これってＪＫプレイ？　おまえさ……俺の下半身、高校生男子に戻してくれちゃって、どう責任取ってくれるの？」

間もなく三十代といういい歳をしたドクターから、高校生のころの藤臣に逆戻りしたかのようだ。

チュッと音を立てて口づけたあと、チュパチュパと耳たぶを吸い始める。

「あ……ちょっと、待って、ここ駐車場……人が来たら、マズいか、らぁ、あぁ」

彼は舌先を耳の穴に滑り込ませ、内側をペロッとねぶった。

手はサブリナパンツの前をずらし、下着の中まで一気に押し込んでくる。狭い車内では動くに動けず、されるがままになってしまう。

「このまま、仲直りエッチする？」

甘美な誘惑に、首を縦に振りそうになる。

「部屋……戻んなきゃ」

片方の手を摑まれ、ソッと彼の股間へと誘導された。

デザイン的に余裕があるはずのワイドパンツの前が、しっかりとテントを張っているのだからどうしようもない。

「これで戻れると思う？　もし、エレベーターで住人に見られたら、警察呼ばれそうな気がするんだけど」

これは静香のせいではないだろう。

彼の下半身は十代のころから衰えていない。むしろ、回数をこなすごとにテクニックを身につけ、パワーアップする一方だ。

静香はワイドパンツの前を寛がせ、そそり勃つ肉棒をじかに握った。

「あぅ」

彼の口から吐息と小さな呻き声がこぼれ落ちる。

竿を掌で包み込み、根元から絞り上げるように握っていく。リズミカルに、力を入れ過ぎないように、と考えながら、途切れない刺激を与え続ける。

そうしている間に、空いた手で彼のシャツの袖を摑み、体重を預けてもたれかかった。

現役の女子高生のころなら、絶対にできなかったコトだ。

やがて先端からトロッとした液体が滲み出てきて……。

その液体を親指で受け止めると、亀頭部分に擦り込んだ。ほどよく握ったまま、先端にグリグリとなすりつける。

「おい、待て……それ、クッ」

静香は彼の耳たぶを甘噛みして、

「仲直りエッチしよ。那智も、気持ちよくなって」

彼に負けないくらい色っぽい声を出してみる。

もっと強く動かしてみようと思ったとき、それより早く、彼の指が動いた。ふいをついた愛撫は、静香の敏感な部分を的確に攻めてくる。

淫芽を優しく撫でさすったあと、キュッと抓んだ。

しかも、別の指が蜜穴まで刺激して……。

「やぁん！　やっ、やだ、そこ、あ、あ、あぁ、ああっ！」

取り繕う間もなく、声が漏れてしまう。

一瞬で高みに押し上げられそうになった、そのとき――。

ピーピーピー。

「……」

これまで、どこも院内ＰＨＳを使っていた。

それがセンターではスマートフォンになり、オンコールも転送不要のため非常に便利になったといえよう。

だが……。

ピーピー。コール途中で藤臣は音を止めた。

「三十週か、これはちょっとマズいな。急がないと……でも、こっちも、ちょっと……トイレに行く時間あるかな」

噴火寸前の欲情を必死で落ちつかせるため、肩で呼吸を繰り返している。

「寸止めばっかりで、ゴメンな」

こんなときでも静香を気遣ってくれる。藤臣のそういうところが、結婚十年経っても、ドキドキするくらい好きな理由のひとつかもしれない。

静香は彼に寄り添ったまま、ゆっくりと首を左右に振った。

そして、鎮まりそうにない猛りをギュッと摑み、彼の股間の前に身を屈めていく。

「おい!?」

「トイレに行く時間、もったいないでしょ」

実を言えば、あんまり得意ではない。

だが、コレをしたときの藤臣は、時間短縮になることは間違いなく——。

三分後、静香は車から降りた。

開いた窓から腕を摑まれ、チュッとキスを交わす。

「なんか、俺の味がする」

「馬鹿」

マンションの駐車場で大胆な真似をしてしまい、静香は顔の火照りが収まらない。

「運転、気をつけてね。あと、結婚指輪も見られないように」

「了解。愛してるよ、奥さん」

「ん、愛してる」

熱くなった頬を両手で押さえつつ、静香は彼の車を見送った。

第三章　薔薇色の一日

新宿三丁目《しんじゆくさんちょうめ》駅、地下から階段を上って真正面にその店があった。

ハリウッドスターや世界トップクラスのセレブの婚約指輪として耳にする、超有名なジュエリーブランドだ。

自慢ではないが、二十九歳の女性として、アクセサリーと呼べるものは結婚指輪オンリーである。

そんな静香が足を踏み入れてもよかったのだろうか?

という疑問が、時間が経つごとに確信へと変わりつつあった。

藤臣の誕生日当日——コースは全部決めてあるから、のひと言で、静香は新宿まで連れ出された。

まずはデパートの紳士服売り場で藤臣がスーツを購入。

グレーのボタンダウンシャツに細身のネクタイ、スラックスは黒に近いダークグレーで、上からグレンチェックのテーラードジャケットを軽く羽織る。

それほどきちっとしたものではなく、ビジネスカジュアルというスタイルだ。

二十代の男性なら、そう目新しくない格好だろう。だが、彼のスーツ姿を見慣れていない静香の目には、メチャクチャ新鮮に映った。

(ちゃんとした格好って……いつ以来だっけ？　センターの面接は別々だったし、大学の卒業式はわたしが仕事で行けなかったし……自分たちの結婚式？)

結婚式は、貸衣装と写真がセットで十万円以内という格安コースだった。

ふたりとも学生で学ぶことは山ほどある。アルバイトは短い時間しかできず、稼げるのは小遣い程度。他はすべて親がかりのふたりに出せるのは、それが精いっぱいだった。

藤臣はスタンダードな黒のタキシードに蝶ネクタイ、静香はシンプルなAラインのウエディングドレス。どちらも追加料金のかからない衣装を選んだ。

それでもあの日の装いは、藤臣を世界一カッコいい王子様に見せてくれた。

(あーでも、男はやっぱり、二十歳より三十歳よね！　大人の余裕？　自信？　いや色気かも……どっちにしても、わたしの旦那様なのよねぇ)

静香はうっとりと見惚れてしまう。

彼女がボーッとしていると、ふいに手を引かれ、今度は婦人服の売り場に連れて行かれたのだった。

『わたしはこのままでいいってば』

『却下！　今日は俺の好みで決めてもらうから』

店員がわらわらとやって来て、静香は試着室に押し込まれたのである。

そして着替えさせられたのが、白と黒のバイカラーワンピース。フレンチ袖のニット素材、胸元はくっきり見せ、下半身は綺麗なAラインを描くたっぷりフレア。用意された靴は五センチヒールのパンプスなのに、ミモレ丈と縦のラインが、低い身長を高めに見せてくれるようでありがたい。

『旦那様からいろいろと伺っております。女性らしいラインのワンピースがご希望とのこと。派手な色はお好きでないので、落ちついた印象の背が高く見えるデザインを。ただ、立ちっ放しのお仕事なので、おみ足に負担をかけるヒールはなしで、と』

店員の言葉に静香はびっくりした。

どうりで、せっかくのデートなのに、普段着でいいと言うはずだ。

ベージュの薄いカーディガンを上から羽織り、同じ色合いの小ぶりのショルダーバッグを持って彼の前に立つ。

(ナ、ナニコレ？　初めて、下着見せたときより恥ずかしいんですけど)

冗談めいた言葉すら出てこず、静香は黙り込む。

すると、藤臣のほうがボソッと呟いた。

『馬子にも衣装だな』

それは、あまりなセリフではないか。ムッとして言い返そうとしたとき、彼は唐突に静香の真横に立った。

『惚れ直した』

耳まで真っ赤にして言われると、こちらまで赤面してしまう。

そのあと、連れて行かれたのが、件の宝石店で——。


「ちょ、ちょ、那智……ヤバイって。値札ちゃんと見てる？　出してもらった指輪、どれもこれも七桁だよ!?」

「落ちつけ。おまえ、挙動不審だぞ」

藤臣の言葉に、思わず辺りを見回してしまう。

「大丈夫だって。下見も予約もしてあるんだから、値段ももちろん承知の上だ。落ちついて考えてみろよ、どれもこれも車より安いだろ？　だから、安心しろ」

その言葉に、落ちつくよりも目が丸くなった。

(宝石と車って、比べていいの⁉)

だが、言われて初めて気づいたことがある。

この店に入るなり、デパートと同じように店員のほうから近づいてきた。しかも、『那智様、お待ちしておりました』みたいなことを言われた気がする。

静香は経験したことのない高級店の雰囲気に呑まれてしまい、ボーッとしていた。

「予約してたんだ……っていうか、下見にも来たの？」

その疑問に答えてくれたのは女性店員だった。

「ご結婚十周年、おめでとうございます。スイートテンのお祝いに、奥様にエタニティリングをプレゼントしたいとご相談いただきました」

仕事以外は朴念仁の藤臣が、たったひとりでこの店を訪れ、静香を連れて来る算段をしていたというのだから驚きだ。

エタニティリング――外周全体にダイヤモンドが敷き詰められ、途切れることのない、永遠の愛を表現しているという。キラキラしていて一見豪華だが、デザインそのものはシンプルで、マリッジリングとの重ねづけにも適しているといった説明を受ける。

「グルッとダイヤがついてるのって邪魔じゃないかって思ったんだけど、俺たちの場合、ネックレスに通すだろ？　だったら別にいいかなって」

今日の藤臣は、いつもよりテンションが高い。

そんな彼を見ているのは楽しいが、指輪一個に百万円以上というのは、さすがにドキドキして落ちつかない。

「でも、今日は那智の誕生日なんだよ。それなのに、こんな高いもの」

「俺を誰だと思ってるんだ？」

「誰って」

「これでも高収入の代表みたいな医者だぞ」

「うん、知ってる。年収はもちろん手取りもね。あと貯金残高も」

家計管理は静香がしているため、藤臣は完全お小遣い制だ。

七桁の指輪を買うとしたら、どの定期を解約すればいいんだろう――なんて、浮かれるより先に考えてしまう。

（これって貧乏性？　いや、普通だよねぇ。だって、わたしって普通の主婦だし）

そのとき、藤臣が咳払いをひとつした。

「あのさ、結婚したときは学生だったから、婚約指輪も買えなかったろ。十周年には絶対に渡そうと思って、働き始めてからの小遣い、少しずつ貯めてきたんだ」

「小遣いって」

たしかに、世間一般より多い額かもしれない。

だが、いくら余ったからといって、十周年のために貯めておいてくれる旦那様は、きっとそんなに多くない。

ジワジワと感動が込み上げてきて、静香は泣いてしまいそうになる。

「だいぶ貯まったし、来年二月まで待ちきれなかった。それに、俺もほしいもんがあるっていうか、おまえにねだりたいっていうか」

彼はちょっと言いづらそうに前髪をかき上げる。

「ご、ごめん、わたし……お小遣いとか、そんなに貯まってないかも」

静香が先に大学を卒業したこともあり、二年間は彼女が家計を支えた。

そのせいもあるのだろう。藤臣はお金に関してかなり無頓着で、すべて静香に任せてくれている。そして、任せられると必要以上に頑張ってしまう静香のこと。彼女は夫の収入が多くなっても、生活スタイルを大きく変えることはしなかった。なるべく自分の収入だけで家計をやりくりし、その延長で、お小遣いも必要最低限で済ませている。

だが、こういった事態になるとわかっていれば、へそくりのひとつもしておけばよかった。

誕生日プレゼントといっても、サプライズと呼ぶには恥ずかしいほどのものしか用意していない。

結婚十周年の記念となると……。

「でも……うん、わかった。二月までにはなんとか」

「そうじゃない。金で買えるものじゃないんだ」

「それって、何?」

静香が真剣な顔で尋ねると、彼はスッと視線を逸らした。

「ここでは、ちょっとな。今夜、ふたりきりになってから教えてやる」

(だから、それってなんなのっ!)

その辺りをはっきりさせておきたかったが……。

スイートテンにピッタリという指輪は、マイクロパヴェというデザインの指輪だった。ダイヤモンド自体はトータルで一カラットもない。それでも、初めて指にしたダイヤモンドの重さに、静香の女心はくすぐられる。

(だって……女の子だもん)

仕事上、指にはめることはないけれど、それでも左手薬指のサイズに合わせておくほうがベストだろう。

ついでだから、お互いのイニシャルも彫ってもらおう。

そんな話に、ひたすらうなずくだけになり……気づいたときには、購入が決定し、指輪は後日、静香が受け取りに来ることになったのである。

宝石店に入って約二時間後――。

『ありがとうございました!!』

という声に見送られ、今度は新宿駅の反対側に向かうことになった。

スッと伸ばされた手を何気なく摑むが、藤臣は指を絡めるように摑み直す。世間でいうところの恋人繫ぎである。

「え?」

たまにケンカはするが、夫婦仲は悪くないほうだと思う。

だが、一緒にいるだけで、イチャイチャしてしまう新婚時代は過ぎている。

とくにこの二年は人目を忍んできたこともあり、手を繫いで外を歩く、といったことも、ずいぶんとご無沙汰だ。

藤臣はギュッと握りながら、照れ臭いのか前を向いたまま口を開く。

「そういや、結婚したころってさ、デートっていえば、こうして手を繫いで歩き回ってばかりいたっけ?」

静香も握り返しつつ、

「うん、お金がなかったからねぇ。天気のいい日は公園とか、暑い日や寒い日はエアコンの効いてる図書館とか」

雨の日は、大型ショッピングセンターの中を何時間もぶらついたことなど、いろいろと思い浮かんでくる。

「そうそう、実家にいたときは八王子城跡《はちおうじじょうせき》までよく行ったよね」

途中の霊園には那智家のお墓もあり、そこには婚家のお墓に入れてもらえなかった藤臣の母も眠っている。

思えば、いきなり祖母の存在を知らされ、見知らぬ土地に連れて来られた藤臣もショックだっただろうが、光子先生の悲しみはもっと大きかったはずだ。遠くで幸せに暮らしていると信じていた娘は五年も前に亡くなっていて、遺骨は自宅アパートの隅に転がっていたというのだから……。

外から霊園をみつめる藤臣の目は、いつもどこか寂しげだったことを思い出す。

それでも、春は桜、夏は青葉、秋は紅葉、そして冬の雪景色、そのすべてをふたり一緒に乗り越えてきた。

(今もそうだけど……これから十年、二十年、五十年先まで、ずーっと一緒だから)

しんみりとした気持ちで、彼の手をしっかりと握り返した。

心の距離も縮まった気がして、そのときだ。

「八王子城跡かぁ。人のいない時期を見計らって行ったよな。ルートをちょっと外れて楽しんだこと、覚えてるか？　いわゆる、アオカン」

「那智！　それは思い出さなくていいヤツ」

若気の至りまで口にし始めたため、静香は慌ててストップをかける。

「ほらほら、あれはどうだ？　大雪の日、近所の公園でおまえが映画と同じことをやりたいって言い出して……」

「あーそれも、ダメなヤツだから」

昔見た映画のワンシーン、雪の上に寝っ転がって手足をバタバタと動かすと、そこに天使が見えるという、雪の天使《スノーエンジエル》のことである。

真っ白の雪景色を見たとき、どうしても真似してみたくなった。

藤臣も巻き込み、キャーキャー騒ぎながら早朝の公園で実践した結果――。

起き上がった瞬間、目の前に登校途中の小学生たちがいて、『子どもみたい』と言われたことは、忘れたくても忘れられない黒歴史だ。

そんな昔話をするうちに、ふたりは目的のホテルに到着した。

初めてだらけの一日だったが、世界有数のラグジュアリーホテルに足を踏み入れるのも初めての体験である。

エレベーターはレセプション階まで直通だった。

しかも高速エレベーターというだけあり、あっという間に地上四十一階の高さまで静香たちを運んでくれる。

エレベーターを降りてすぐ、ラウンジが広がっていた。

吹き抜けの高さは、軽く三階分はある。天井はガラス張りの天窓になっていて、開放感に胸がスーッとした。

一瞬、ほんの一瞬だが、バルコニーでもあればいいのに、と考えてしまい……。

(いやいや、それは怖いって)

どうも、ここが四十一階だということを忘れてしまいそうになる。

夕方五時とはいえ、外はまだまだ明るい。

静香は天窓を見上げ、降り注ぐ陽射しに目を細めた。

「こっちこっち、レストランはあそこを曲がったとこにあるから」

おのぼりさん丸出しの静香に比べ、藤臣はやけに慣れた様子で歩いて行く。

「ねえ、ここにも下見に来たの?」

「いや、でも、連れてきてもらったことがあるから。ほら、前に言ったろ。勉強会とか研修会とか、さすがにこんなラグジュアリーホテルではやらないけど、終わったらこの手のホテルのバーに誘われるって。断れない付き合いもあるからな」

「こういうホテルのバーってオシャレだもんねぇ。美味しいお酒もありそうだし。でも、お酒好きにはいいけど、飲まない那智にはあんまり嬉しくないよねぇ」

ため息交じりの藤臣を慰めるように、静香は明るい声で答える。

そういえば、以前働いていた病院で同僚にこういった話をしたとき、その同僚はびっくりしていた。

『旦那って同じ歳の産科医なんでしょ？　女医の多い職場だし、先輩風吹かせて、サシ飲みに誘われたってことなんじゃないの？　気をつけなきゃ、つまみ食いされちゃうよ』

『いえいえ、うちのは仕事馬鹿なんで。女医さんの遊び相手になるような、気の利いたタイプじゃないですから』

どこかの有名人が、チャンスがあれば男は絶対に浮気する、と言っていた。

だが、藤臣に限って浮気はあり得ない。

最近になって、実はけっこうモテるらしい、と知った。それでも、彼が静香以外の女性を口説く姿など、想像もできない。

そんな静香の信頼を盤石のものとしたのは、レストランの食事をほぼ終えたときだった。

コース料理が終盤に近づき、デザートと一緒に運ばれてきたのは——愛らしいかすみ草に包まれた十一本の赤い薔薇の花束。

ちなみに、花言葉は〝最愛〟である。

レストラン全体の照明が少しだけ落とされ、静香にスポットが当てられた。

（え？　何？　何が起こるの？）

キョロキョロと辺りを見回していると、どうしたことか、藤臣が勢いよく立ち上がったのだ。

彼は手術に向かうときのような真剣な顔で花束を掴み、おもむろに静香の前に跪いた。

「水元の家で誕生日を祝ってもらったのは、俺が六歳のときだった。あの日から、今日で二十五回目になる。俺が自分の誕生日をめでたいって思えるのは、おまえがいてくれたからだ。だから今日、おまえに感謝の気持ちを伝えたかった」

「そんな……別に……感謝なんて」

「あと五十回、いや百回でも、おまえとこの日を迎えたい。結婚して十年目だけど、十年前よりもっと……愛してる」

愛の言葉とともに、彼は薔薇の花束を差し出す。

それを受け取りながら、

「お誕生日、おめでとう。その、生まれてきてくれて、ありがとう。わ、わたしも……あ、愛してます」

静香がそう答えた瞬間、周囲から拍手が上がった。

周囲からたくさんの『おめでとうございます』の声も聞こえる。それはスタッフだけでなく、たまたま居合わせた客たちからの声もあった。

静香は目を泳がせながら、ひたすらペコペコと頭を下げる。

嬉しさと恥ずかしさで頭が爆発してしまいそうだ。

コース料理の内容だけでなく、そのあと食べたデザートの味すら、静香の頭から吹き飛んでしまったのだった。


バスルームの浴槽に浸かり、窓の外に広がる東京の夜景を見下ろす。

今日の仕上げとばかりに案内された四十五階のスイートルーム。部屋の中も窓の外の景色もまさに贅沢の極みといったところか。

『俺たちって新婚旅行どころか、一泊旅行もしたことないだろう？　お産は予定どおりにいかないから、連休を取るのが精いっぱいだし。これくらいの贅沢しても、バチは当たらないと思う』

言われてみればそのとおりだ。

たった一日の休みなら、都内のホテルで最高の贅沢気分を味わうのもいいだろう。

(でも、あのサプライズ……やだ、もう、どんな顔してあんな恥ずかしい演出頼んだのよ。那智のこと、全部知ってるつもりだったけど……今日ばかりはビックリ続きだわ)

あんな大勢の前で『愛してる』なんて、言われる日がくるとは思わなかった。

いつだったか、幼なじみの延長線で気安さはあるけど、大恋愛的なロマンスにはほど遠いよね、といった話をしたことがある。

ひょっとしたら、藤臣はそれを覚えていて、思いきりロマンティックに仕立ててくれたのかもしれない。

静香は小柄な上に童顔ということもあり、見た目はいかにも女の子っぽい。

だが中身は、相手が誰であっても態度は変えないし、肝の据わったタイプに分類される。性格もサバサバしていて、いっそ男らしいと言われるくらいだ。

(まあね、乙女発言はネタ扱いされちゃうし、女らしいことには興味ないって思われてるもんねぇ。でも、ロマンティックが嫌いな女子なんて、いるはずないじゃない)

多少、むずがゆく思ったとしても、指輪や花束を貰って喜ばない女性はいないし、夫からの愛してるの言葉に幸せを感じない妻はいない。

だが――。

妻として、女として、静香にはもっとほしいものがある。

そのことを考えた瞬間、静香は立ち上がっていた。

天空のバスルームはとても心地よく、心も身体も癒やされる。だが、いつまでもこの幸せを味わっていたいからこそ、伝えたい思いがあった。

身体を拭くのもそこそこに、静香はフカフカで真っ白なバスローブを羽織り、扉を押し開けた。

そこはベッドルームだった。

中央にキングサイズのベッドが置かれ、藤臣が横になっている。

「……那智?」

控えめに声をかけるが、返事はない。

(まさか、疲れて寝ちゃった、とか?)

彼が過重労働なのはたしかだし、眠れるときにはぐっすり眠らせてあげたいと思う。

だが、今日ばかりは——。

静香はバスローブの前を押さえたまま、抜き足でベッドに近づく。

「なーち、ホントーに寝ちゃったの? せっかく磨いてきたのになぁ。わたしは食べなくてもいいのかなぁ」

ベッドに腰を下ろし、彼の顔を覗き込んだあと、甘えるようにささやく。

朝、綺麗に剃っていたのに、夕方になると髭がうっすらと見える。

少し緩めたネクタイ、第二ボタンまで外したシャツ、隙間から見える鎖骨にドキドキしてしまうのは、やはり恋心だろう。

(欲求不満じゃなくて、恋なんだからね。だって、夫婦になって何年経っても、何十回、何百回エッチしてたって、ときめいちゃうんだもの)

藤臣の頬にチュッとキスした。

だが、彼が目を覚ます気配はなく。

静香は小さく息を吐き、手を伸ばしてスラックスのベルトを緩める。

いつもは妊婦のためだけど、今日ばかりはすべて静香のためだ。こんなに頑張ってくれた彼を、ゆっくり休ませてあげたい。

「目が覚めたら、わたしの話を聞いてね。それと、お風呂も一緒に入ろうね」

彼の髪を優しく撫で、ベッドから離れようとしたとき——。

ウエストに手を回され、そのまま抱きすくめられる。

「ぎゃうっ！」

「何、その可愛くない声」

「ちょ、寝たふりして、騙し討ちにするからでしょ!?」

カッコいい大人の男性が、一転して悪ガキに戻る。

レストランでの藤臣の告白に立ち会った多くの人は、彼をなんてロマンティックな男性と思ったことだろう。

「騙したわけじゃないぞ。おまえがエッチな顔で誘ってくるから」

「別に、エッチな顔なんて」

チラッと見えた鎖骨に、ちょっとだけ興奮したことは絶対に言えない。

「ズボンのベルトを外し始めたときは、寝てる俺のムスコまで起こすつもりかって、かなり期待したんだけどなぁ」

それも、実はちょっとだけ考えたような、そうでないような……。

「ち、違うでしょ。ネクタイは緩めてたけど、ベルトはそのままだったから、苦しくないようにって思っただけで」

しどろもどろになりながら、必死で弁明する。

だが、真相なんて、どうでもいいことだったようだ。彼は静香の手首を掴み、身体を起こすなり彼女を組み伏せた。

上下が逆になり、藤臣の背後に高い天井が見える。

「おまえがメインなのに、食べずに寝られるわけないだろ」

そういえば、彼が静香からもらいたいものは『金で買えるものじゃ』なくて、『ふたりきりになってから教えてやる』と言っていた。

「じゃあ、わたしの首にリボンかけたほうがよかった？」

「リボンはなくてもいいけど……なあ静香、おまえの話って何？」

静香と呼ばれた瞬間、緊張が走った。

「あ、うん、えーっとね」

「俺のほうから言ってもいいか？」

「い、いいけど、何？」

「完璧じゃないけど、でも、俺たちってさ、もう一人前って言えないか？」

彼が言わんとすることが察せられて、静香の期待はあっという間に膨らんでいく。

冷静に冷静にと頭の中で繰り返すが、どうしても声が裏返ってしまう。

「うん、もちろん、まだまだだけど……でも、ベテランとか言われるようになったよね。まあ、自分では、中堅くらいかなと思うけど」

「俺も、センターではフェローって呼ばれる立場だけど、付属病院のヘルプに呼ばれたり、研修医の指導を任されたりするくらいにはなった」

トクンと鼓動が大きく打ち、それが少しずつ速くなるのがわかる。

「子ども、作らないか？　今なら、経済的にも、年齢的にもなんの問題もない。何があっても対処する自信もある。間違っても、あのときみたいな……ビビッておまえを泣かせるようなことには絶対にならない！」

「あ、あのときは……わたしも、ビビッちゃったから」

結婚して丸二年が過ぎたころのこと。

静香はふたつの国家試験に無事合格し、就職先も決まって春からの新しい生活に心躍らせていた。

学生結婚という我がままを通したものの、ようやく親がかりの生活ではなくなる。

夢に向かって第一歩を踏み出そうとしたとき、静香はあることに気づいてしまったのだ。

それまで、ほとんどずれたことのない生理が、二週間も遅れている、と。

藤臣の子どもを産むことは、大きな夢のひとつだった。

何より、ふたりはすでに結婚している。夢が叶っただけなのに、妊娠は嬉しいことのはずなのに……静香は、素直に喜ぶことができなかった。

思えば、結婚前は厳重だった避妊も、結婚後は少しずつ緩くなっていた。

避妊に絶対はないと学びながら、ちょっとくらいなら大丈夫と流されていたのも事実で、そんな自分が恥ずかしかった。

そして、市販の妊娠検査薬でうっすらと陽性反応が出たとき、静香は藤臣に『妊娠したかもしれない』と伝えたのだった。

ふたりの間に空白の時間が流れた。

それはわずか五秒程度。彼はすぐ、家族が増えるのは嬉しいと言ってくれたが……。

『本当の気持ちを言って！　困ってるよね？　せめて半年前なら就職を一年先にしたし、半年後なら産休が取れたかもしれないのにって。でも、このタイミングで、なんて』

『嬉しいのは本心だ。でも、予定を変えなきゃいけないから、それをどうしようって思っただけで……いや、嬉しいんだ。嬉しいんだけど』

友人の多くは大学生で親がかりの生活をしていた。

だが静香たちは、人とは違う人生を選んだ。だからこそ、完璧な未来を思い描いていたように思う。

そうでなくては、どれだけ頑張っても周囲は認めてくれない。

学生結婚なんて妊娠したからに決まっている、とか。

成績もよくない、まともな職にも就けない、不良学生に違いない、とか。

そんな評判を覆すためにも、もっと頑張らなくてはいけなかった。

藤臣のせいにはしたくない。したくないが、『嬉しい』に『けど』がついたことで、静香の心はネガティブに揺れてしまう。

しだいに、子どもを授かったことを喜べない自分が最低の人間に思えてきた。そんな自分に、助産師になる資格はないのではないか、とまで……。

明日、産婦人科に行こうと話し合った日、唐突に生理が始まった。

流産を懸念して受診したが、通常の生理の範囲内で、妊娠の反応はないという診断が下されたのだった。

あれはきっと、妊娠が成立する前に起こる、化学流産だったのだろう。

妊娠が白紙になったとき、静香にもたらされたのは安堵ではなく、罪悪感だった。自分が許せず、家に籠もって何日も泣き続けたことを覚えている。

妊娠に怯えて、愛し合うことすら怖くなり……。

『おまえが怖いなら、俺が大学卒業するまでエッチはしない。安心して産める日まで、避妊も完璧にする。もう二度と、こんなふうに泣かせたりしない。約束する』

彼の祈るような言葉を聞き、静香は落ちつきを取り戻した。

あとになって思えば、人の評価ばかり気にするようになった静香を諌めるため、フライング気味にやって来た赤ちゃんだったのかもしれない。

大好きな人の家族になりたくて、その一心で結婚したはずなのに……。

いつの間にか、結婚したのだから、早く大人にならなくては、と焦って一人前になろうとしていた。

産科医のくせに、助産師のくせに、ではなく、失敗をプラスに変えていけるくらいのゆとりを持って生きていこう。

そんな気持ちを静香に与えてくれた。

『ゆっくりでも、一人前のドクターと助産師になろうね。ちゃんと避妊して、やって来た赤ちゃんに負担かけないようにしよう。今度は、すっごく嬉しいって言ってあげたいから』

いついつまでにと期限を切ってしまったら、逆に焦ってしまいそうだ。

なんとなく、ふたりの気持ちが同じ方向を向いたら、そのときは――みたいな、曖昧な約束でここまできた。

だが――。

「わ、わたしもっ！」

一秒でも早く、自分の気持ちを口にしたくて堪らなくなる。

「エタニティリングなんて夢みたいだし、レストランのサプライズも、めっちゃ恥ずかしかったけど嬉しかった。でも、でも本当は……藤臣の赤ちゃんがほしい！」

叫ぶように言いきった直後、唇を塞がれた。

口の中が蕩けそうなほどの熱を感じる。蹂躙するように捻じ込まれ、舌先でかき回されて、静香の体温は一気に上がっていく。

「悪い、なんか、余裕ない」

服を脱ぐのももどかしい様子で、彼はスラックスのファスナーを引き下げた。

そこはもう、すでに臨戦態勢だった。

静香は思わず、クスッと笑ってしまう。

「ここだけは、高校生のときと変わらないんだから……あ、褒めてるんだからね。基礎体力を維持したまま、技術は向上してるってこと」

男は女より繊細な生き物なので、一応フォローしておく。

そんな静香の感情が伝わったのか、彼も笑い始めた。

「ったく、向上するのは、寸止めプレイのテクばかりだ。ホント、どっかで見てんじゃないか？　っていうくらい、オンコールの嵐だからな」

「今日は断ってきたんでしょう？」

「ああ、院内スマホは置いてきた。でも自前のナンバーも教えてあるんだよなぁ。電源切ろうか悩んだんだけど……なんかあったときが怖くて、切れなかった。ゴメン」

藤臣が顔をしかめるのを見て、静香は手を伸ばした。

額に落ちた前髪に触れたあと、彼の顔を優しく撫でる。

「だから好き。いいお医者様で、ガキっぽい悪戯をする幼なじみで、優しくてエッチな旦那様。全部好きよ」

ふいに首筋に顔を埋めてきて、チクッとした痛みが走った。

(見えるかもしれない場所にキスマークは……ああ、もう、今日はそういうことなし! もう、全部忘れちゃおう)

静香は理性に目隠しした。

直後、彼の手がバスローブの前をかき分け、脚の間に滑り込ませてきたのだ。その手はいつも以上に忙しなく動き、彼女を快感へと誘う。

それはまるで、一日中、ずっと我慢してきたかのような……。

「あっ、やだ、そこ……そこぉ、ダメェ、やっ、あっ、あっ、あっ……やっ、あぁぁーっ!!」

藤臣の指は魔法でも使ったように、静香の躰を溶かしていった。

ぐったりしたまま、脚を左右に開かされていく。そして、彼が腰を落としてきて、しとどに濡れた部分に昂りが押し当てられた。

「いいか、挿れるぞ」

確認され、静香はコクンとうなずく。

避妊なしが、全くの初めてというわけでもない。

それこそ、結婚してすぐのころ、盛り上がった勢いでそのまま繋がったこともある。途中で引き抜き、装着してから再挿入といった〝これは避妊になりません〟の代表例みたいなこともしていた。

だが、こんなふうに『避妊はしない』『子どもを作る』という気持ちで結ばれるのは、初めての経験で……。

トクン、トクンと心臓の鼓動が大きく聞こえる。

両脚を太ももの裏から持ち上げられ、そのせいか、ふわりと腰が浮いた。

「静香……下、向いてみろよ」

「え？　下って」

言われるまま、下腹部に視線を向ける。

そこには真上を向いた雄身が、ピタリと押し当てられていた。表面には血管が浮き上がり、ヒクヒクと力を張らせている。

緩々とした彼の腰の動きに合わせ、クチュと小さな蜜音がして――。

直後、ジュプ……ズチュチュと音を立てながら、欲望の猛りは静香の膣内《なか》に呑み込まれていった。

「あっ、は……挿入《はい》っちゃう」

いつもなら、恥ずかしくて口にできないような言葉だ。それが、スルスルと出てきてしまうのはなぜだろう？

だがそれは、藤臣のほうも同じみたいだった。

「なんか、不思議な感じがする。おまえのこと、初めて……抱くみたいだ」

荒い息遣いで、その上、顔を赤くさせながら言われたら、静香もドンドン変な気分になってしまう。

一ミリの百分の一、避妊具の隔たりなんて、卵の薄皮くらいの厚さしかない。

膣壁に受ける感覚なんてたいした違いはないはずなのに、それがないだけで、信じられないくらいの密着感を覚える。

「ヤバイ、吸いつく……このまま、持っていかれそうだ」

藤臣の首筋に汗が流れた。

次の瞬間、彼の体重がグッとかかる。目を凝らすと、根元まで挿入された肉棒がくっきりと見えた。

ふたりの躰はわずかな隙間もなく、ひとつになっている。

感激して胸が熱くなったとき、膣奥で雄身がヒクヒクと動いた。さらに膨らんで、蜜窟の底に圧がかかっていく。

「あっ、はぁうっ……やっ、やだ、それ、以上……お、おっきくしない、で」

唇を噛みしめ、途切れ途切れ声にする。

「馬鹿言え、これはっ！　あ、くっ」

ギチギチと音が聞こえてきそうなほど、奥まで詰まっている感じだった。

そのとき、彼が腰を引いた。

はち切れんばかりの猛りが、ズズッと引き抜かれていく。離れていく感覚に、静香は無意識のまま、持ち上げられた脚を彼の腰に絡めた。

「やっ、やだ。なんで抜くの？　抜いちゃやぁ」

「わっ！　ちょ……違うって、抜くわけないだろ。そうじゃなくて……もう、我慢の限界ってこと」

言うなり、彼はパンッと音を立てて腰を打ちつけた。

そのまま、リズミカルに腰を動かし続ける。

「あっ！　あっ、あっ、やっ、あっ」

そのリズムに合わせて、静香の口からも嬌声が漏れ出す。

いつも以上に感じていることを藤臣に知られるのが恥ずかしいとか、スイートルームとはいえ、こんなに大きな声を上げたら隣に聞こえるかもしれないとか――。

わずかに頭をよぎったものの、すぐに何も考えられなくなった。

(やだ、もう、なんで？　なんで、こんなに気持ちいいの？　着けてないっていうだけで、じかに触れ合ってるっていうだけで……全然違う)

初めての経験という思いに躰が引きずられ、官能の波を呼び覚ます。

静香も夢中になって腰を突き上げてしまう。

そのとき耳元で、

「腰、動いてるぞ」

彼が熱を孕んだ声でささやいた。

「だっ……て、気持ち、いい……んだもの」

「奥、いつもより、浅く感じる。おまえの子宮、下りてきてる。これってさ、孕む気満々ってことだよな」

「そ……だよ。ダメ、なの？」

普段なら、『那智の馬鹿！』『エッチ！』と返すところだが、
まるで蜂蜜でコーティングされたような甘い声だった。

自分の声に聞こえない。

(ああ、ダメ……なんか、全身が蜂蜜漬けになっちゃった感じ？)

繋がっている部分から溶けてしまいそうで、考えることすらできない。

だがそれは、静香だけではなく。

「ダメ、じゃない。俺も、俺も……早く、射精《だ》したい……おまえの、一番奥に」

「ん、きて……お願い、きて、藤くん」

「静香……クッ、射精《で》る」

彼の動きが止まった瞬間、熱い飛沫を体奥に浴びた。

いつもは薄いゴム越しに感じる白濁が、奔流となって子宮へと流れ込んでくる。躰だけでなく心まで満たされていく。

「あ、あ、あ……あぁっ、やっ、やぁ、もう、あぁぁーっ!!」

腰を小刻みに震わせながら、静香は快楽の階段を駆け上がった。


パチュン、パチュン——湿った肌のぶつかる音、ふたりの口からこぼれる甘い吐息、バスタブの縁からお湯の当たる音まで、すべてが淫らに聞こえる。

静香はバスタブの中に立ち、前のめりになって窓ガラスに手を当てた。

「んんっ、あぁ、はぁう……やっ、あぁ、待って、ちょっと、まっ、あぁっ」

これで何度目か、よくわからなくなっている。

コンドームの使用が難しいため、お風呂ではいちゃついていても挿入は不可、というのが夫婦のルールだった。

でも、今夜からは解禁である。

バスタブの中で座ったまま抱き合ったとき、

『窓が大きいから、なんか恥ずかしいね』

と静香が呟いた。

すると、からかうような声で藤臣が言い始めたのだ。

『そういえば、俺の誕生日を忘れてたペナルティがあったっけ?』

『な、なんの、ことかな?』

『たしか、エッチな命令してほしいって、おまえが言ったんだよな』

『え?　そんなこと、言ったっけ?　覚えてないなぁ』

実はしっかり覚えていた。

とぼけるどころか、期待さえしてしまっている自分がいて、酷く恥ずかしい。

藤臣は挿入したまま立ち上がり、静香を窓に押しつけるようにして、背後から突き上げ始めたのである。

「いーや、待たない。ここってさ、同じくらいの高さなら、双眼鏡とかで覗けるのかな?」

「そ、そんなわけ、ない……」

じゃない、と言いかけ、息を呑んだ。

ごく普通のビジネスホテルの横を通ったとき、何気なく見上げたことがある。すると、カーテンの開いた窓際に立つ人影が見えたのだ。性別も服装もよくわからなかったが、いけないものを見た気がして、ちょっとドキッとしたことを覚えている。

ここは四十五階なので、双眼鏡を手に見上げても見えるわけがない。

「この高さなら、タワマンとか？　ああ、ここと同じランクのホテルも、都内にいくつかあったような……五十階くらいなら、余裕かな」

それで覗けるなら、無防備な高層階の住人は覗かれ放題になってしまうだろう。と思うのだが、どうにも自信がない。

「冗談、だよね？　ねえ、那智、わたしのこと、からかってるん、だ……ぁっ、きゃあっ⁉」

彼の手が膝裏に回され——あっと思った瞬間、両脚を摑んで一気に持ち上げた。

身長差も体重差もけっこうあるので、楽勝といった感じで抱え上げられる。だがそれは、小さい子どもにおしっこをさせるような格好だった。

しかも……ふたりの躰は繋がったままである。

静香は暴れることもできず、息を止めて固まってしまう。

そのままのスタイルでバスタブの縁に足を降ろされ……それは、挿入された状態で窓から外に向かってM字開脚している、という卑猥な格好になっていた。

「やっ、待って、待って、これって……恥ず、かしいか、らぁ……あっ、ん、ダメェ」

「ホントに、ダメ？　でも、膣内《なか》はヒクヒクしてて、気持ちよさそうだけど」

そう言われた瞬間、ゾクゾクするような快感が這い上がってきた。

立っていたとき以上に、静香は窓にもたれかかる。火照った肌に冷たいガラスがピタッとくっつき、妙に心地よい。

それに、本当に夜空に浮いているかのようだ。

自分の身体が、窓ガラスを通り抜けてしまったような錯覚。

不思議な高揚感に包まれ、静香は繋がった部分に力を入れた。

「あぁ……すごい、なんか、絞られてるみたいだ。なあ、これって、わざとだろう?」

愉悦に塗れた藤臣の声が、耳の後ろから聞こえる。

吐息が耳たぶを掠め――刹那、甘く食まれた。

歯が軽く当たり、熱い舌で転がされる。吐息で耳の奥までくすぐられ、静香は我慢できずに腰を揺らした。

「恥ずかしいのが、気持ちいいんだ。エッチな奥さんだなぁ」

藤臣が本気のわけはない。

そう思いながらも、快感に囚われた静香の心は少し不安になる。

「エ、エッチな、奥さんじゃ、ダメ？　わたしのこと、嫌いに、なった？」

泣くつもりはないのに、少しだけ涙声になっていた。

「バーカ。俺が、おまえのことを嫌いになるかよ」

「あっ！」

ズンと奥まで突かれ、静香はガラスに抱きつく。

だが次の瞬間、ガラスから引き剥がされていた。背中から抱きしめられ、そのまま強く下から突かれる。

「そっちじゃなくて、こっちにもたれかかれ」

「でっ、でも……バランス、がぁ」

「大丈夫、俺が支えてやる」

「あっ、あっ、やっ、あ……あぁぁーっ！」

羞恥心がかき消え、下腹部に生まれた熱が解き放たれる。

静香は大きく肩で息をしながら、上半身を捻って振り返った。藤臣の顔が見たい、できればキスがしたい。そう思った瞬間、ふたつの唇が重なる。

言葉は必要なく、ただ夫婦の愛が溶け合うような——ふたりにとって、忘れられない一夜となった。

第四章　夫の婚約者？

今朝、数ヵ月ぶりに光子先生から電話があった。

『藤臣から電話があったんだけど……来年か再来年にはこっちに戻るから、私とハルちゃんは引退して、ひ孫の面倒でもみてほしいって』

静香は卒倒しそうになりつつ、

『ま、まだ、できてないからねっ！』

そのことだけは真っ先に叫んだ。

『いやだ、もう、しーちゃんたら。それくらい、わかってますよ。子どもは、天からの授かりものだからね』

そう言うと、光子先生は電話口でコロコロと笑った。

藤臣もそのことはちゃんと伝えていたらしい。

好きだから、ずっと一緒にいたいから、その一心で友人たちよりだいぶ早く結婚してしまった。それを補うため、ふたり揃って一人前になることだけを考えて頑張ってきた。でも、できれば親になって、家族を増やしたい、と。

『なあ、ばあちゃん。俺、静香と夫婦になって十年目だよ。お袋が死んだ歳を超えたし、親父たちの結婚年数も超えたんだ。すごいと思わない？』

そう言った彼は、これ以上ないくらい嬉しそうな声だったという。

『平気そうな顔して、本当は怖かったんだろうねぇ。しーちゃんに子どもができて、万一のことがあったらって』

光子先生の言葉を聞いたとき、静香はなんとなく感じていたことに答えを見つけた気がした。

たとえ会えなくても、心の支えにしていた兄からは冷たく突き放され、会いたいと望んだ父親は、藤臣の知らない間に亡くなっていたのだ。十代前半の少年が、そんな現実に直面して、ショックを受けないわけがない。自棄になって道を逸れてもおかしくない状況で、彼は正道のど真ん中を歩き続けた。

だから、静香の『妊娠したかもしれない』という言葉に返ってきた五秒間の沈黙――あれは〝迷い〟ではなく〝恐怖〟だったのかもしれない。

あとになって、そんなふうに考えたことを思い出す。

『しーちゃん、ありがとうね。藤臣のこと、ずっと信じて待っててくれて』

（って言ってもらえるほどじゃないんです！　だって、いろいろと悩んで迷って……お互い様ってヤツだし。至らない嫁でごめんなさい、光子先生!!）

心の中で必死に謝る静香だった。


三日前の藤臣の誕生日、最高に幸せな一夜を過ごした。

ひょっとしたら、来月……は無理でも、再来月辺りには、天からサプライズ的な授かりものがあるかもしれない。

そうなったら、同僚たちに結婚の事実を告白しなくてはならないだろう。

（そのときは……まあ、仕方ないよね。怒らせちゃうかもしれないけど、うん、覚悟を決めよう！）

決死の覚悟風に考えるものの、内心、スキップしそうなほど嬉しくて堪らない。

「――先輩、水元先輩！」

里奈の声に静香はハッとする。

「先輩……鼻歌くらいは大丈夫だと思いますけど、さすがにスキップは」

言われて気がついた。

（わ、わたし、本当にスキップしてた⁉）

今日は病棟担当なので、四階から六階の各病棟を回っている。

階を移動している途中、里奈から連休中の過ごし方を追及され、何を言っても藤臣のことがバレそうで、お天気の話でごまかした。

（だって、那智先生も連休取られてたんですよ、とか言われたら、そりゃ慌てるって）

いろいろ考え込んでいるうちに、光子先生の電話を思い出し、そのまま思索に耽った挙げ句、鼻歌混じりにスキップまで始めてしまったらしい。

せめて里奈以外に見られてなければいいが、と辺りを見回すが……。

すれ違うスタッフだけでなく、入院中の妊婦までもが静香をチラ見している。その全員が、堪えきれないとばかりに笑っていた。

（うわぁ、やっちゃった？）

頭を抱え込んだとき、後ろからクスクス笑いとともに、声をかけられた。

「水元さんって、本当にいつも楽しそうですよね」

振り返ると、そこには、入院着姿の大きなお腹をした女性の姿が、

「あぁ、戸川さんにも見られちゃったの⁉　やだ、もう、恥ずかしい」

臨月に入り、低置胎盤で管理入院となった戸川早苗だった。

身長は里奈と同じくらいだろうか。大きなお腹とは対照的に、首筋や手足はほっそりし

ている。もともとがやせ型で華奢な体格なのだろう。髪は肩までのボブに切り揃えられており、上品な若奥様といった雰囲気を全身から醸し出していた。

年齢はギリギリ三十四歳のため、高齢出産にはならない。低置胎盤と診断されるまでは、ほぼ問題なく妊娠期間を過ごしており、体重の増加や高血圧の症状もなかった。

「いえいえ、こちらも楽しい気分になるので、全然かまいませんよ。でも、どんな楽しいことがあったのか、ちょっと気になるかなぁ。綾川さんは何か聞いてます？」

「それが……水元先輩はホント口が堅くて。絶対、恋愛絡みだと思うんですけどねぇ」

などと、ふたりは意気投合した様子で話し始める。

静香は咳払いしつつ、

「わたしのことより、ちょうど戸川さんのところに行こうとしてたんです。今日から三十七週ですよね。何か変わったことはありませんか？」

「ありません。昨日も那智先生に異常なしって言ってもらえました」

早苗は嬉しそうに答える。

彼女は結婚四年目で二度目の妊娠となる。一度目は、稽留流産という残念な結果で終わった。ただ、三年前のことなので、今回の低置胎盤とは全く関係ないという診断が出ている。

「佐々倉先生とかは、普通に産めるよって言ってくださるんですけど……那智先生は、やっぱり帝王切開のほうが安全だからって」

「まあ、先生によって違うからね。那智先生は、ほら、顔に似合わず慎重派だから」

静香がフォローを入れると、里奈も間髪を入れずにうなずく。

「そうそう！　パッと見は、なんでもハイハイ言ってくれそうな、チャラ男っぽいイケメンドクターって感じなんですけど、中身は、頑固な昭和のドクターですから！」

褒めているのか、貶しているのか、よくわからない。

首を傾げる静香を見て、戸川はさらに笑った。

「ありがとうございます。本当は、私の我がままなんですよね。次のことを考えて、普通に産みたいなんて。まあ、母にいろいろ言われてるのもあるんですけど……」

早苗のところは婿養子だと聞いた。

彼女は隣の県出身で旧家の跡取り娘だという。男の子を期待されつつ、お腹の中の子どもは女の子と判明している。そのため、彼女の両親はすでに次の妊娠に意識が向いており、子宮にメスを入れることに反対していた。

藤臣の立場から言えば、帝王切開以外にあり得ない、という症状ならともかく、医師によって判断がわかれるという症例のため、強く説得することができない。

ただ、早苗自身からも不安な気持ちが伝わってくる。

お腹の子どもを無事に産むことに集中したい。そう思う反面、自分の年齢や夫の立場を考えたら、次に男の子を産むことに賭けたい、という思いも見え隠れしていた。

（帝王切開でふたり目、三人目と産む人もいるんだけどね。でも、わたしが言うことじゃないし、リスクが高くなるのは事実だしね）

帝王切開の回数に制限はないが、四回以上は、と言葉を濁す医師が多い。

彼女の両親の意見が全く間違っているわけではないので、子だくさんを考えるなら、自然分娩がいいのはたしかだ。

そんなことを考えてしまうと、早苗への返事も躊躇いがちになってしまう。

すると、早苗の顔からフッと笑みが消え、うつむいて大きなお腹を撫で始めた。

「酷い母親なんです、私って。妊娠に喜んで、途中まで本当に順調だったのに、女の子って言われたとたん、落ち込んでしまったから……」

お腹の子どもに何かあると、母親は決まってこう考える。

自分が正しいことをしなかったから。自分がよくないことを考えてしまったから。自分のせいで、と。

「だから、胎盤の位置が悪くなったんだと思います。そのせいで、主人や両親にも心配をかけて、先生たちにもご迷惑ばかり」

「戸川さんのどこが酷いお母さんなの？　親が子どもに期待をかけるのって普通だし、性別なんて最初のサプライズじゃない。それに一喜一憂したからって、胎盤の位置は変わったりしません」

静香はできる限り明るく、それでいて落ちついた声で話す。

「いっそ宣言しちゃってもいいんだよ。男の子が生まれるまで頑張ります！　とかね。自分はこうしたいって言うのは、我がままなんかじゃない。病院のスタッフだって、迷惑なんて思ってないから」

「でも、那智先生には……面倒がられてるんじゃないかって」

「大丈夫、大丈夫。那智先生は、そんなことで面倒なんて思う人じゃない。ただ、お産に絶対はないから、万一のときに備えてるだけ。だって、それがドクターの仕事だもの」

軽い口調で言うと、彼女もようやく顔を上げ、ホッとした表情を作った。

「本当は不安で胸がいっぱいで……でも、水元さんがいてくれたら、何があっても大丈夫って思えそう」

「うん、そのための管理入院だからね。今日以降、いつ生まれても正期産だし、赤ちゃんも、軽く二千グラム超えてる感じ？　でもまあ——そんなに急いで出てこなくていいからね。あと三週間、お腹の中でのーんびりしてるんだよ～」

静香が大きなお腹に向かって言うと、早苗が声を立てて笑い始める。

「ベビーちゃんに、先輩の鼻歌を聞かせてあげたらどうですか？　あ、でも、音痴になっちゃうかも」

「綾川、あとで病院裏に呼び出しね」

そんな軽口を叩いていたとき、ユニフォームのポケットに入れた院内スマートフォンが小刻みに震え――。


センター長命令。

そんな、わかったような、よくわからない理由をつけ、静香は職場を離脱した。そのまま彼女が駆け込んだのは、走って五分の場所にある大学付属病院だった。

なるべく人目につかない通用口から建物の中に入った瞬間、手を掴まれてビクッとする。

「静香！」

聞き覚えのある声に、静香は縋りつくようにして叫んだ。

「祥子《しょうこ》、祥子、祥子!!　那智は!?　無事だよね？　酷い怪我じゃないよね!?　まさか、手術とか」

院内スマートフォンにかけてきたのはセンター長だった。

彼は静香に、

『静香くん！　いいか、落ちついて聞くんだ。詳細は不明だが、那智先生が裏の付属に運ばれたらしい。駐車場で何か……トラブル、そう、トラブルに巻き込まれたようだ。とにかく、周りにはセンター長命令と言ってその場から離れ、付属に急いでくれ。事務局の村《むら》上《かみ》さんが待ってるから』

言われるまま、笑顔で里奈に残りの巡回を任せ、彼らが視界から消えた瞬間、静香はダッシュで階段を駆け下りた。

センターを含む大学付属病院の敷地は広い。

中でも、スタッフ用の駐車場は建物から一番遠い場所にある。そこで起こったトラブルなど、たとえセンター長でもすぐに掌握できるはずがない。

(駐車場で何が起こるっていうのよ。トラブル？　トラブルって何よ？　まさか事故？)

運転中のアクシデントで何かに突っ込んだとしても、駐車場ならたいしたスピードは出ていない。大きな怪我などするはずもないが、車を降りてから何かあったなら、大丈夫とは言いきれないだろう。

藤臣の身に何かあったら……。

「お願い、本当のことを言って！　お願いだから」

「落ちついて！　いいから、落ちつくの。そのまま深呼吸よ」

「そんなこと言ってる場合じゃ」

「いいから、吸って！　ほら、吐いて！　はい、吸って、吐いて」

それはまるで子どもを宥めるような動作で、彼女は静香の両肩に手をかけ、撫でさすりながら繰り返した。

村上祥子とは、同じ大学の看護科で四年間一緒に学んだ。

卒業後は疎遠になっていたが、静香がセンターで働き始め、苗字の件で事務局を訪れたときに再会。ずいぶん久しぶりだったこともあり、祥子も新生児科医の長浜と同じく、第一声は『離婚したの?』だった。

『ダメじゃない。せっかく医者の卵をゲットしたのに。もったいない』

と続いたことは、長浜とは大きく違う点だろう。

だが、二ノ宮理事長に関わる事情を聞いたあとは、

『大先生は評判のいいドクターって話だったのに、身内には冷酷だったのね。事務の私にできることは限られてるけど、なるべく協力するから』

祥子はトレードマークの黒ぶち眼鏡を押し上げながら、そう約束してくれた。

感謝すると同時に——彼女との再会は懐かしさだけでなく、気まずさがあったのも事実だ。それは静香だけでなく、お互いにとって。

大学を卒業して以降、祥子は一度も同窓会に顔を出していない。

結婚や妊娠を理由に、たった三ヵ月で看護師を辞めた彼女にとって、看護師として働く同級生は眩しく、羨ましく、そして苦々しい存在になってしまったのだと思う。

『子育てが一段落したところで、もう一回チャレンジしてみたら?』

静香はそんなふうに提案したが――。

看護師の国家試験には合格しているものの、実務経験はゼロに等しい。三十歳になった今、新人看護師としてスタートする自信はない。自分には二児の母としての責任もある。理学療法士の夫が働く病院の事務職で精いっぱいだ、と。

それこそ〝もったいない〟と思うのだが、静香の考えを押しつけるわけにはいかない。

何より、この二年余り、静香が旧姓で働いていられたのは祥子のおかげだ。

二ノ宮理事長自身は、藤臣との関係を伏せろ、と命令するだけで具体的なことは何もしてくれなかった。おそらく、早々に周囲にバレて、ペナルティ云々の責任を静香たちに押しつけ、解雇するつもりだったのだろう。

この祥子が、センター設立に伴い、新しいスタッフの個人情報を管理するために雇われていなければ。そして彼女が静香の同級生でなかったら。

(わたしも那智も、今ここで働いてないよね)

今回も、祥子が機転を利かせてセンター長に連絡してくれたおかげで、静香の耳に届いたようなものだった。

静香が号令に合わせてスーハースーハー繰り返していると、祥子が説明し始めた。

「安心して、那智先生はかすり傷だから。最初は、交通事故って聞いたから、大げさになってゴメンね。でも、ご家族に連絡をって言ってたら、いきなり理事長先生が出てきて」

二ノ宮理事長は信じられないことに、

『あれは、実は儂の孫でな。他に身内はおらんので、連絡する必要はない』

などと、のたまった。

勤務先であるセンターへの報告も不要。怪我の詳細な具合がわかりしだい、祖父である自分がセンター長に報告すると言い出し、他の医師たちは何も言えなくなったそうだ。

（あんの、クソじじい！）

言葉にできない悪態を、静香は胸の内に吐き捨てる。

「でも、孫？　孫って言ったの？　聞き間違いじゃなくて？」

二ノ宮の苗字を名乗るな、財産もやらないと、仮死状態で生まれたことを理由に、藤臣を捨てたのではなかったか。

理事長室で顔を合わせたときも、ひと言も『孫』と認める発言はなかったはずだ。

「間違いないわよ。だって、すぐに箝口令が敷かれたから」

守秘義務を盾にして、他言無用と言われたという。

「じゃあ、こっちに連絡くれたことで、祥子に迷惑かけたりしない？」

「どうして？　私がやったことって、患者さんの奥さんに連絡を取っただけよ」

その表情は、生真面目で融通の利かない優等生だった大学時代とは違っていた。

（真面目過ぎて、スタートで躓いちゃったんだよねぇ。でも今なら、いいナースになると

思うんだけどなぁ）

祥子は人の少ないルートを選び、藤臣が運ばれた病室へと案内してくれる。

同じ敷地内とはいえ、静香が付属病院を訪れることはほとんどない。たまに、症状に合わせて転院する妊婦が出た場合のみ、カンファレンスに参加するくらいだ。

それも産婦人科の病棟に出入りするだけなので、今回のようなケースになると……。

（事故で運ばれたんだから……外科、だよね？）

まず、そこからよくわからない。

「最初はね、上のＶＩＰルームに運べって理事長命令が出たのよ。でも、那智先生の意識がはっきりしてからは、外科病棟で充分って。もう、外科のドクターたちはアタフタしちゃって、他の患者さん、そっちのけだったんだから」

説明しながら祥子は呆れたように笑う。

それもそうだろう。付属病院の医師たちは、当然のように二ノ宮医療福祉大学の出身者で固められている。そこは見事なカースト制度で成り立っており、そのトップに君臨するのが二ノ宮理事長なのだ。

彼らは医局のしがらみにがんじがらめになっており、トップの命令に逆らうことなどできない。

同じように、後継者と呼ばれる二ノ宮達彦の言葉にも従ってきたはずだ。

そんな彼らにとって、新設されたセンターの医師――それも外部から採用された三十歳そこそこのフェローなど、眼中になかったことだろう。

その状況で、いきなり二ノ宮理事長本人から孫だと聞かされたら？

（そりゃ、驚くわ。いきなりお兄さんと同じってわけには……あれ？　そういえば、お兄さんってどうなったの？）

これほど近い距離で働きながら、見かけたことは数回しかない。

藤臣の口から話題に出ることもなく、きっと今でも『弟は――いない』というスタンスを貫いているのだと思っていた。

そんな彼は、二ノ宮理事長の発言を容認しているのだろうか？

「ああ、ここよ。この部屋」

祥子が立ち止まり、静香の思考も一旦停止した。

室内から話し声がして、それは藤臣の声だった。静香はあらためて、本当にたいしたことはないのだ、と胸を撫で下ろす。

そして、ドアの取っ手を摑み、横にスライドさせた瞬間――。

「あたくしに、お腹の子どもを殺せっていうの!?　この子はあなたにとっても、血の繋がった子どもなのよ!!」

想像を遥かに超えた会話に、静香は息を呑む。

だのだ。

祥子も相当驚いたらしい。小さな声で呟きながら、アタフタした様子で静香の肩を摑ん
「え？　何？　今の」

「ちょっ、押さないで、祥子っ！」

スライドドアは、するすると開いていく。

そのまま、タタタッとふたり一緒に、病室の中に飛び込む羽目になった。

「ちょっと、なんなの!?」

耳に突き刺さるようなその声は、ほんの少し前、子どもがどうとか叫んでいた女性と同じ声だった。

（こ、この人の前では転びたくない！）

女の本能でそんなことを考え、静香は足を踏ん張りながら顔だけ上げる。

そこは、数歩踏み込んだだけで部屋全体が見渡せる、小さめの個室だった。ベッドは壁際に置かれ、その上に、上半身を起こして藤臣が座っていた。

声の主はベッドの横に立ち、訝しそうにこちらを見ている。

手入れの行き届いた黒髪ロングのストレート。ワンレングスが大人っぽく見えるが、きっと静香より年下だろう。綺麗系の容姿は後輩の里奈に似ている。ただ、目の印象が違っていた。仕事柄、常に笑顔を心がけている里奈に比べ、この女性の顔には笑みらしきもの

が欠片もないせい。おそらく、まだ学生か、あるいは働かなくてもいい身分の女性なのだろう。

静香が彼女を食い入るように見ていたときだった。

「水元……さん？　そんなに慌てて入ってこなくても、僕は大丈夫だから。そっちは、事務局の村上さんだよね？　いろいろ、面倒かけたみたいで、申し訳ない」

いつもと変わりないドクターモードの藤臣の声を聞き、静香は全身から力が抜けそうになる。

「あ……えーっと、ご、ご無事で、何よりです。那智……先生」

大丈夫と言いつつ、右目の上に貼ってある白いガーゼが、痛々しそうでやけに目立つ。他はとくに目を引く箇所はなさそうだが……。

そんな静香の視線に気づいたのか、藤臣は苦笑いを浮かべながら頭を掻いた。

「ああ、これは、街路樹の枝で掠っただけなんだ。頭は打ってないって言ったんだけど、付属のドクターは一応検査したほうがいいって。あと、足首をちょっと捻った感じ？」

「街路樹で掠ったって……顔から突っ込んだんですか？　那智先生、いったい駐車場で何してたんです？」

静香も苦笑気味に応じたが、別の声が彼女の問いに答えた。

「なんなの、あなた！　その聞き方は那智先生に失礼でしょう!?　彼はね、車道に飛び出した子どもを助けたのよ。立派なことだわ。それを、ナース風情が立場をわきまえなさい！」

あまりの剣幕に押され、

「そ、それは、たしかに、ご立派です」

静香も相槌を打ってしまう。

そのまま数秒間、気まずい沈黙が続き――口を開いたのは静香だった。

「失礼しました。わたしは、那智先生と一緒に、国立総合周産期母子医療センターで働いております、助産師の水元と申します」

とりあえず、看護師ではない、ということは伝わるだろう。

当然、彼女自身も名乗るだろうと思ったが、どうしたことか、答えたのは藤臣だった。

「この人は、西沙保里《にしさおり》さんとおっしゃって……えっと」

「助産師？　あら、そう、ナースでもないのね」

沙保里は、藤臣の言葉を打ち消すように声を上げる。

どうあっても静香を下に見たいらしい。

なんと答えようかと考えていたとき、

「西さん、助産師は立派な職業だ。看護師と比べるようなものじゃない」

藤臣にしては珍しく、ムッとした声で彼女に意見した。

自分の言葉を遮られたことより、助産師を下に見る発言に言い返してくれて、静香はそれだけで気分がよくなる。

「助産師って、お産婆さんのことでしょう？　資格を持たないおばあさんがやる仕事じゃないの？」

「いいえ！　助産師は国家資格です。それ以前に、看護師資格がなくては、助産師の試験は受けられませんよ。そんなこともご存じないんですか？」

そう言って割って入ったのは祥子だった。

「なっ!?」

「私は事務局の職員ですが、それくらいのことは知っています」

低姿勢の静香が情けないと思ったのか、あるいは、理事長絡みの問題で強気に出られないと同情してくれたのか、とにかく、生真面目な彼女らしく正論で返してくれた。

（そうなんだけどね。間違ってないんだけどね）

間違いを正されて、『知らなかったわ。教えてくれてありがとう』と言うような女性には、とうてい見えない。

案の定、

「ちょっと、あなた。あたくしが誰かわかっていて、そんな口を利いているのかしら？」

沙保里は祥子のことも敵とみなしたようだ。

「さあ、存じません。そもそも、紹介しようとされた那智先生の言葉を遮ったのは、そちらではありませんか?」

その点は、たしかに祥子の言うとおりだ、と静香もうなずく。

だが、彼女の返事は予想を大きく外し、それも斜め上から振り下ろされた。

「あたくし、那智先生の婚約者ですわ!」

「???」

静香の頭の中でクエスチョンマークが飛び交う。

とっさに祥子の顔を見るが、彼女もわけがわからないといった感じで首を傾げた。

(この人、本気で言ってる? いや、でも、夫の婚約者と言われても)

静香がうーんと唸ったとき——。

「大先生、二ノ宮理事長のお許しもいただいてますから」

沙保里は勝ち誇ったように笑う。

(まさか、わたしと那智の関係を知ってるってこと? 知ってて言ってるんだとしたら、それって、どういうこと?)

二ノ宮理事長は何をするつもりなのだろう。

静香は得体の知れない恐怖を感じる。

だが、彼がどんな手を使おうと、藤臣と静香が夫婦であることは否定しようがない。それにもかかわらず、婚約者など決めて何ができるのか。

チラッと藤臣のほうを見る。

怪我の影響もあるのか、彼の顔は疲労の色が濃くなっていた。

「お許しって……そんなもの、二ノ宮理事長が何を言おうと、静香が認めないと」

「あ、いや、それは」

静香は慌てて祥子を止める。

そのまま彼女の腕を掴み、入り口付近まで引っ張った。

「ちょっと待って！　なんていうか、いろいろありそうだから、その件はここで公表しないほうがいい、かも？」

しだいにゴニョゴニョと、小声になっていく。

「でも……いいの？」

「さあ、いいのか、悪いのか、いや、何がいいんだろう？」

静香自身もよくわからない。

そのとき、背後から藤臣の声が聞こえた。

「いい加減にしてくれませんか、西さん。その件は……とにかく、簡単に口にしていいことじゃない」

どうやら、彼にも言いづらいことがあるらしい。

それも、静香や祥子に聞かれたくない、というより、沙保里を気遣って、という感じがする。

だがその気遣いは、当の沙保里には伝わらなかったようだ。

沙保里は目を吊り上げて藤臣を睨み、わかりやすいほどの怒りを露わにする。

「何を今さら。あなたに選択肢なんてありませんでしょう？　どちらにしても、あたくしのお腹が大きくなる前に決めていただきませんと」

ブランドものらしきワンピースの腹部に、彼女はソッと手を添える。

「この責任は、きっちり取っていただきますから！」

沙保里は、妊婦には不似合いのハイヒールの靴音を鳴らしながら個室から出て行った。

気まずい沈黙が残された三人の中に広がる。

沙保里の捨てゼリフがとんでもない内容なだけに、静香も何を言ったらいいのかわからないのだ。

（とりあえず、笑っとく？）

静香が頬をヒクヒクさせたとき、開いたままの窓から初夏の風が吹き込んできた。

敷地内を走る車のクラクション、中庭にいる人の話し声もかすかに聞こえてきて、そのとき、風に乗って赤ん坊の泣き声が響いた。

命の迸りを感じる。

その力強い泣き声に、静香の意識は集中した。

(おー。これって産声だよね。元気な赤ちゃんが生まれたんだ)

「産声だな。付属の分娩室は二階ほど下なのに、ここまで聞こえてくるとは。元気そうで何よりだな」

それは、静香の心を読んだかのような、嬉しそうな声だった。

こんなとき、夫婦であることを実感する。

静香の中でわずかに感じた不安が、フッと消え去った。

「じゃあ、わたしもセンターに戻ります。せっかくなので、那智先生はちゃんと検査を受けて、問題なかったら仕事に戻ってくださいね」

「えええっ⁉　静香、それだけ？」

隣で祥子が不満の声を上げる。

それを聞き、藤臣も苦笑するしかなさそうだ。

「よろしく頼む。ああ、そうだ。戸川さんは、問題なさそう？」

「えーっと、巡回途中で……詰所には戻ってないので、バイタルチェックは未確認なんですよね。でも、直接話した感じでは、問題なさそうでした。ただ、那智先生に面倒がられてるんじゃないかって、気にしてましたね」

「妊娠の経過観察が面倒なら、産科医はしてないさ。お母さんと赤ちゃんが無事退院して、取り越し苦労でしたね、と言われるのが一番いい」

それには大きく同意である。

なんの問題もなく、助産師の手で取り上げることができたなら、それ以外はすべて些末なことだ。

静香はあえて、沙保里に関することは口にせず、祥子を押し出すようにして、個室をあとにしたのだった。


「信じられない。なんで何も問い質さないの？　私には理解できないわ」

事務局のある一階まで階段で戻る途中、祥子は静香の対応に不満を言い続ける。

祥子曰く、沙保里の姿には見覚えがあるという。

今年に入ってから、付属病院内で見るようになった。といっても、入り浸っているというほどではなく、あくまで見かけたといったレベル。そもそも、二ノ宮理事長の個人的な知り合いが出入りすることは決して珍しくなく、事務局でもその程度の認識だった。

おそらくは、どこかのお嬢様に違いない。親に頼まれ、縁故採用する予定の研修医か新人看護師ではないか、と。

他にも、少々若いが二ノ宮達彦の結婚相手ではないか、という噂もあった。

「どこかの有力者の娘で、後継者の嫁に、ってヤツよ。那智先生を孫って認めたのも、あの女の誘惑に乗って、妊娠させたからじゃないの!?」

「ないない、それはないって」

「わからないわよ。若先生はね、こう言っちゃなんだけど、ボーッとしたところがあったのよ。同じ産科医なら、センターの那智先生のほうが頭ひとつ抜けてる。なんて噂、聞いたことあるもの。ひょっとしたら、大先生から持ちかけたのかも……」

若先生とは達彦のことだ。

小柄で眼鏡をかけた容姿から、達彦は祖父に似ていると思っていた。だが、中身は凡庸な父親似という噂が、センターの静香の耳にまで届いている。

逆に、藤臣は見るからに朗らかそうな母親似だ。それは光子先生に見せてもらった昔の写真からよくわかる。真っ直ぐで誰にも優しい性格は、育ての親ともいえる光子先生の性質を受け継いでいるのだろう。

しかし、医師としての素養は、ひょっとしたら……。

(兄弟って知らないのに、比べる人がいるんだねぇ。考えたくないけど、あの理事長の才能とか受け継いでたりして)

達彦に見切りをつけた二ノ宮理事長が、沙保里をものにできたなら二ノ宮家の後継者として認めてやろう——そんな話を藤臣に持ちかけた可能性はある。

だが、どれほど美味しい話を鼻先にぶら下げられても、彼は断じて『ラッキー』と飛びつくような男ではない。

「まあまあ、とりあえず、怪我人にあんまりしつこくできないしね」

「怪我は軽傷でしょう？　本人も大丈夫って言ってたじゃない」

「えーっと、ほら、連休取ったのが三日前だよ。祥子の言うとおりなら、不倫してたってことでしょ？　そんなことしながら、妻のために休みなんか取らないって」

周りを気にして、『妻』という単語だけ小さくなってしまう。

そんな静香に合わせてくれたのか、祥子も声を潜めつつ、

「それ、本気で言ってるの？　プレゼントを買ってくるとか、意味もなく優しいとか、いつもと違う行動って、浮気をごまかそうとする男の常套手段じゃない！」

最終的には普通以上のボリュームになっていた。

「そ、そうなの？」

この状況で、世間の大多数の夫が取る常套手段でも、藤臣だけは違う、と主張していいものだろうか？

（どんだけ旦那に惚れてるの!?　とか、言われそう）

静香はとりあえず、殊勝な顔を作ってみることにした。

「そうよ。昔から思ってたけど、静香は呑気過ぎて……」

顔を紅潮させながら持論を語っていた祥子だったが、彼女の視線が静香の背後に移った瞬間、ふいに強張った。

そこは藤臣の病室がある階の二階下。

(ここって、産科病棟のある階じゃない?)

静香が振り返ると、立っていたのは白衣を着た二ノ宮理事長だった。

しかも、沙保里を同行させている。

一瞬、息を呑んだものの、静香たちが階段を譲る形でサッと脇に避け、無言のまま軽く会釈した。

すれ違いざま、足を止めたのは向こうだった。

「そういえば、あんたは助産師だったな」

話しかけられ、静香も無視するわけにはいかなくなる。

「はい」

「この沙保里さんの腹には、二ノ宮の後継者が宿っておる。母子ともに、健やかに過ごしてもらわねばならん。その先は……いちいち言わんでも、助産師ならわかるんじゃないかね」

やけに、もったいぶった言い方だ。しかも、多くの患者に慕われたという名医さながらの表情を向けられ、不覚にも気圧されそうになる。

静香は息を吸うと、跳ね返すように胸を張って応えた。

「それは、おめでとうございます。では、助産師としてひと言——妊婦さんには踵の低い靴をお勧めします。うっかりハイヒールを履いてしまったときは、階段ではなくエレベーターをお使いくださいね」

言い終えてニッコリと笑った直後、沙保里が爆発するように叫んだ。

「そんなこと、言われなくてもわかっていますわ！」

静香は心の中で、

（あー、わたしも人間できてないなぁ。祥子のこと言えないよね。こんなこと言ったって、感謝されるわけないのに）

反省も含めてひとりごちる。

そんな静香の態度が気に入らなかったのか、二ノ宮理事長はとたんに矛先を祥子に向けた。

「そっちは、たしか事務局で働いておったな。この女を呼んだのは君かね？　藤臣の件は、誰にも連絡をするなと言ったはずだ。この儂の命令に従わん人間がいたとは、不愉快極まりない」

病院トップからこんなふうに言われては、さすがの祥子も黙り込むしかないだろう。

そんな彼女に追い打ちをかけるように、沙保里が口を開いた。

「あら、その事務員さん、あたくしにも偉そうな口を利いたんですよ。ねえ、大先生。そのお産婆さんと一緒に、クビにしてくださいません?」

「ほう、それはけしからんな」

そのとき、静香は思い出した。

『他に身内はおらんので、連絡する必要はない』

祥子たちに言い放ったという二ノ宮理事長の言葉には、許し難いものがある。

「〝誰にも連絡をするな〟ですか……それは、看過できない命令ですね」

「なんのことだ」

「那智先生には、誰より大切なご家族がいらっしゃいます。それは——親代わりとなって彼を育てた、おばあ様です。万一の際の連絡先に書かれているのは、そのおばあ様のお名前ですよ」

「……」

その瞬間、二ノ宮理事長の顔から好々爺の仮面が剝がれた。彼は無言のまま、ベテラン医師ですら、震え上がるという目で静香を睨みつける。

だが、そんなものに負けるわけにはいかない。

静香は真正面から受け止めつつ、さらに言葉を続けた。

「いくら理事長とはいえ、正当なご家族に連絡を取るなと命令するのは、那智先生に何かあったとき、裁判沙汰にもなりかねません。お気をつけください」

この場合、最も正当な家族は、妻である静香だろう。

その静香本人が、『今度同じ真似をしたら、訴えるぞ』と言っているのだ。

そして、いかに高齢とはいえ、彼女の言葉の真意を理解できないほど耄碌していないはずで——。

「心得ておこう」

二ノ宮理事長はそう呟くと、何ごともなかったかのように階段を上り始めた。

沙保里はふたりのやり取りにビックリしたらしく、静香から目を逸らすようにして、二ノ宮理事長のあとを追っていく。

「静香……」

祥子に名前を呼ばれ、静香は彼女の肩をポンポンと叩いた。

「大丈夫、大丈夫。祥子は——患者さんの奥さんに連絡を取っただけ、なんだから。さ、仕事に戻ろうか」

静香なりに気を配ったつもりだったが、返ってきた答えは違った。

「あなたって、冗談言って笑ってごまかすだけじゃないのね。本気で怒ったらけっこう怖いんだ。ってことは、彼にべた惚れなのねぇ」

とりあえず、ポンポンをバンバンに変えて、祥子の背中を叩く静香だった。

☆　☆　☆

深呼吸をひとつしたあと、藤臣は覚悟を決めて玄関のチャイムを押す。

ピンポーン！

二秒も待たず、ダダダダッと音がしてドアが開く。

「お、お、お帰り、なさいっ!!」

上ずった声が聞こえ、顔を見るより先に、静香が飛びついてきた。

(おいおい、相手ぐらいは確認しろよ)

そんな突っ込みを入れつつ、この場合の返事はひとつしかないだろう。

「ただいま」

いつもより、少しだけはっきりした声で、無事に帰って来られてよかった、という気持ちを込めて伝える。

同時に、藤臣は妻の身体をギュッと抱きしめた。

付属病院の個室で別れたのは昨日のこと。

検査結果は問題なしで、今朝一番に退院となった。

しかし、帰宅もままならず、そのままセンターに出勤。本来なら夜勤だったため、昼夜連続勤務になりかけたのだが、さすがに、軽傷とはいえ退院直後の長時間労働はマズい、ということになり、センター長から帰宅命令が出たのである。

退院手続きのとき、事務局の村上祥子から声をかけられた。

『退院おめでとうございます。理事長のお孫様に、大きな怪我がなくて何よりでした。それに、どこかのお嬢様のお腹には、大事な後継者が宿っているということですし』

『……』

彼女が怒っていることは間違いない。

ここで、お気遣いありがとう、と答えたら、さらに怒らせそうだ。かといって、彼女に謝るのもおかしな気がする。

それ以前に、後継者云々というセリフがこの女性の口から出たことに、藤臣は違和感を覚えた。

『ご存じないかもしれませんが、静香ってモテるんですよ。彼女が本気で怒ったら、あなたのことなんかサクッと見限るでしょうし、後釜にも苦労しないと思います』

祥子の言葉に、藤臣は思わず噴き出してしまう。

的を射ていると思ったからだが、祥子のほうは馬鹿にされたと感じたようだ。

『まあ、事務員ごときがドクターに……いえ、理事長のお孫様に、何を言っても無駄でしょうけど』

『いや、そうじゃなくて。水元がモテるのは昔からだよ。誰かを守ると決めたら、相手がどんなに強くても怯まない。保身に走らず、信念は曲げず、傷ついても逃げない。そんな彼女にふさわしくなりたいと思い続けて、早二十五年ってとこかな』

その返事に納得してくれたかどうかはわからない。

だが、当初感じた怒りの波動は、若干薄まったようだった。

(いっそ、全部ぶっちゃけてやりたい。でも、そういうわけにもいかないし)

藤臣が小さなため息をついたとき、静香の明るい声が聞こえた。

「お腹、空いたでしょ。今日はね、那智が好きなものばかり用意しておいたから。あ、ひょっとして食べてきた?」

「食うわけないだろ。昼休憩も二十分しかもらえなくて、昨日の分も働かされたよ」

「ふーん、でもまあ、昨日はゆっくり眠れたんでしょう? 美味しい病院食をのーんびり、時間をかけて食べられたはずだし」

静香の言うとおり、センターの病院食は栄養価も高く、美味しいと評判だ。

ただし、妊婦向けの病院食は別。とくに出産直前の妊婦には、塩分控えめの低カロリー食となっているため、評判は一気に落ちてしまう。

だが、藤臣は妊婦ではなく、入院したのは外科だ。当然、美味しいほうの病院食にありつけるはず、と思っていた。

「——残念なお知らせがある。どうやら、病院食がウマいのはセンターだけらしい」

「え？　でも、付属も同じ業者だよ」

「俺も思ってた。でも、実際食ってみて、うちの妊婦向けより……アレだった」

不味いと断定してしまうのはどうかと思い、少しだけ言葉を濁す。

「アレかぁ。それは、お疲れ様でした。まあまあ、わたしが作ったのもアレかもしれないけど、我慢して食べてよね。あ、並べちゃったけど、先にお風呂入ってくる？」

食卓にはすでに何皿も並んでいた。

サバの味噌煮に焼きナス、そして、ニンジン好きの藤臣に合わせて、ニンジンがごろごろ入った筑前煮も大皿に盛ってあった。

もちろん、白いご飯に味噌汁もちゃんとある。

「味噌汁はジャガイモとキャベツ入り？」

「好きだもんねぇ。あと、玉ねぎも入っております」

ほくほくして甘味タップリの味噌汁は、子どものころから藤臣のお気に入りだ。

「風呂は後回しにして――いただきます！」

静香の料理は決して、アレなわけではない。

ただ……作るたびに、微妙に味が変わる。

(材料も調味料も目分量だからなぁ。細かいことは気にしないっていうか、小さいくせに大胆っていうか)

ここで『おまえの料理って、いい加減なんだよ』などと言おうものなら、夫婦生活は一年も維持できなかっただろう。

十年の経験から、藤臣は大げさなくらい声を上げた。

「やっぱりウマい！　俺にはおまえの作るメシの味が一番だから」

「もうっ！　調子のいいことばかり言って」

呆れた口調だが、顔は笑っている。

とはいえ、これだけでは済まないことを、藤臣もちゃんとわかっていた。


風呂から上がり、藤臣はスポーツドリンクを手にリビングへと向かう。

静香はソファに座り、ジッとテレビの画面をみつめていた。

「それって連ドラか？　珍しいな」

職業柄、ふたりとも毎週決められた時間にテレビを見るなど不可能だ。最近では見逃し配信もあるが、それすらも見逃すことがざらである。そのせいか、我が家のテレビに連続ドラマがかかっていることは滅多にない。

だが今は、複数の男女が出てきて、泣いたり叫んだりしている。

ニュースやバラエティでないことは、テレビを見慣れていない藤臣にもわかった。

「うん、まあね」

静香は画面を見たまま返事する。

「恋愛ドラマってヤツ？」

「違うと思う。たぶん、刑事ドラマ。えーっとね、夫が殺されて、犯人は泣き崩れてた妻だった。原因は夫の浮気だって」

藤臣は、口に含んだスポーツドリンクを吹き出しそうになった。それを強引に飲み込んだせいで、気管支を刺激してケホケホと咳き込む。

「そ、それは……殺されても仕方ないな、うん」

うなずきながら、何度か咳払いして呼吸を整える。

静香には、いずれ説明しなくてはならないだろう、と思っていた。

ただ、解決の糸口がみつかってからと考えていたため、後手に回ってしまったことは否めない。

藤臣は意を決して口を開いた。

「静香——俺、おまえ以外の女とセックスしたことはない」

「は？」

「三十年生きてきて、他の女を抱きたいと思ったことは一度もないし、これから先も、一生思わない」

「そ、そんなこと、わかってるっていうか。信じてるっていうか……初めから、疑ってないわよ！　もう、馬鹿っ」

クッションを抱え、恥ずかしそうに横を向く。

（いやいやいや、疑ってなくても、今夜の態度はいつもと違うし。っていうか、ヤキモチ妬いてるっぽいとこが、今まで見たことなくて可愛い、なんて言ったら……殴られるよな）

祥子に教えてもらわなくても、静香は性別年齢に関係なく、誰からも好かれる。それは昨日今日始まったことではなく、出会ったころにはすでにその片鱗を見せていた。

変な言い方だが、彼女はいわゆる普通の優等生ではなかった。

成績はもちろんいい。同級生のみならず、先輩後輩からの人望もある。ところが、〝長〟

のつく役員などには選ばれたことがない。それには理由があって……。

静香は行動力がある上、真っ直ぐ過ぎる性質の持ち主だった。それが原因で、一部の教師たちから煙たがられていたのだ。

気がつけば人の輪から外れ、いつまでたっても一匹狼的だった藤臣にとって、味方は静香だけと言ってもいい。

だが、彼女が庇う対象は藤臣だけではなかった。

中学時代、クラスの女子にカンニング疑惑が持ち上がった。成績の急上昇を妬んだ者が噂を広めただけだったが、一部の教師が真に受け、処罰されそうになったのだ。そのとき、証拠もなく疑うのは間違っていると、静香は職員室に乗り込んだ。

(いつの時代も、声が大きくて、要領のいい奴が優遇されるんだよな。俺はどっちも持ってないけど)

静香の場合、要領は悪いが声は大きかった。

結果、クラスメートの疑惑は晴れたが、静香の態度は褒められたものではない、と親まで呼ばれて叱られたのだ。そんな彼女のために声を上げる者はおらず、文句を言おうとした藤臣を止めたのは静香だった。

『光子先生に迷惑がかかる。それだけはやめて』

誰かのために必死で声を上げても、功績は彼女のものにはならず、責任だけ問われるのはあんまりだろう。

藤臣自身に降りかかる理不尽さは、いくらでも我慢できる。

だが、静香の人の好さにつけ込み、つらい思いをさせる奴らだけは許せない。

『わかった。でも、今度何かを頼まれても、放っておけよ。みんな、水元のことを利用してるだけなんだ。おまえのために言ってるんだからな』

彼女のため、というのは半分、残りの半分は嫉妬心だ。

静香は自分のものだから、他の人間に対して必要以上に親切にする必要はない。そんな独占欲が芽生え始めた時期でもあった。

そんな藤臣に向かって、静香は滔々と語り始めた。

『うーん、どうかな。昔ね、信号のない横断歩道の前におばあさんが立ってたの。荷物が重くて渡れないって感じで。わたしね、お手伝いしますって言えなくて……そうしたら、他の人がおばあさんに手を貸してた』

『まあ、そんなもんだよ。おまえがしなくても、誰かがするんだ』

人生とはそんなものだ。

すべての努力が報われるとは限らない。むしろ、何をやっても上手くいかない、ということのほうが多い。ならば、多少の面倒ごとなど、見ないふりをするのも処世術というヤツだろう。

だが、静香の答えは違った。

『なんか、情けなかった。胸がザワザワして落ちつかないっていうか……。もちろん、できないことはあるよ、でも、できるのに、見ないふりして、知らん顔するのは嫌かなぁ』

『そんなの、おまえが損するだけだ』

『助けてもらったら得で、誰かを助けることって損なの？　じゃあ、わたしのことは那智が助けてよ。それでプラマイゼロだね』

（村上さんが手を貸してくれるのも、長浜先生が俺とのことをばらさないのも、結局のところ、水元の人徳なんだろうな。それに比べて俺は……）

複雑な感情が胸に込み上げてきたとき、プチンとテレビ画面が真っ暗になった。

いつの間にか、静香の手からクッションがなくなっていた。代わりにリモコンを摑んだまま、藤臣に視線を向ける。

「でも――夫の婚約者を名乗る女性がいたら、ちょっと考えるよね」

「そ、それについては、今からきちんと説明します」

藤臣は居住まいを正すと、おもむろに口を開いた。

事の起こりは一ヵ月前――。

その日、終業後に二ノ宮理事長から呼び出された。それも、付属病院の理事長室ではなく、成城六丁目の二ノ宮邸に、である。

十八年ぶり、二度目の往訪で、ようやく玄関から通してもらった。

感慨というものはなかったが、番犬がシェパードからドーベルマンに替わっていた。記憶の中では、見上げんばかりの大きな門柱が、実際はごく普通の高さで、奥に見えた洋館は想像より小さかった。

中に入ると家政婦が数人いて、そのひとりから、洋館は住まいではないと説明を受ける。公的な集まりに使うことが多いらしく、大食堂は会議室に、個室は客室として使っているという話だ。

そして案内されたのが、洋館の裏に建つ純和風の屋敷だった。

通されたのは、いくつもの襖が開け放たれ、トータルで三十畳はあろうかという大広間。どうにも居心地が悪く、久々のアウェイ感を味わう。

もしここに、突如、畳が埋まるくらいの人が入ってきたら？

それが親戚連中だったとしたら？

（逃げたほうがいい、よな？）

だが、入ってきたのは二ノ宮理事長、ただひとりだった。

眉間のシワはいつもどおりだ。だが今日は、それ以上に沈鬱な表情をしている。彼は無言のまま藤臣の前に座り、座卓の上に一枚の写真を放った。

「西沙保里さんだ。今年大学を卒業したばかりで、たしか二十四歳だったかな」

「……」

年齢を聞いたとき、他所で断られた研修医の面倒をみろ、と言われるのかと思った。

だが、それなら自宅に呼びつける理由がわからない。

藤臣はあえて返事せず、警戒のまなざしを祖父に向ける。

「おまえ、まだ、あの助産師と別れてないようだな。さっさと離婚して、このお嬢さんと結婚しろ」

「笑えない冗談ですね。でも、本気で言ってるなら……医者、紹介しますよ」

「冗談ではない！　この娘の父親は、ただの官僚にすぎん。だが母方の祖父が、代議士なんだ。センター設立にあたって、まあ、いろいろとな――」

その代議士とは、厚生労働省や国土交通省に顔の利く人物らしい。

ようするに、多額の金が動いたということだろう。

祖父の話によると――。

今年に入ってすぐ、沙保里と達彦の間に結納が交わされた。沙保里の大学卒業後、四月に婚約発表が行われ、秋には挙式という段取りまで決まっていたという。

「それを……あの馬鹿者は台無しにしたのだ」

「馬鹿者って、兄貴のこと?」

「そうだ! 奴は婚約発表直前、逃げおった。それも、看護師の女と一緒に」

祖父にとっては二代続けての悲劇だろう。

だが藤臣は、聞いた瞬間に噴き出してしまった。

「笑っとる場合じゃない!」

「ああ、悪い悪い。でも、ナースと逃げる辺りが、親子だなぁってね」

あまり怒らせて、高血圧で倒れられても寝ざめが悪い。とりあえず謝罪を口にして、なるべく穏やかな口調で続けた。

「なあ、じいさん。孫も息子と同じことをしたんだ。いい加減、自分のやり方が悪かったと認めたほうがいいんじゃないか?」

「いいや! 達彦が逃げ出したのは、おまえのせいだ!」

またお得意の責任転嫁だ。

ここまでくると怒る気にもならない。

「兄貴がそう言ったのか?」

「……四月の初めころだ。おまえ、付属で行われた緊急帝王切開のヘルプに入ったな?」

祖父から視線を外し、諸々のことを思い出しながら藤臣はうなずく。

「そのときの執刀医が誰だったか、忘れてはおらんだろうな?」

「ああ……」

四月初旬の深夜、臨月の妊婦が付属病院に救急車で運び込まれた。

同病院で出産予定だった妊婦で、救急車の中で逆子の臍帯脱出《さいたいだつしゅつ》——へその緒が赤ん坊より先に出てしまっている状態が確認された。緊急帝王切開となったが、少し前に別の緊急帝王切開が始まっており、手の空いた医師は達彦ひとり。急遽、センターにヘルプの要請があり、その日夜勤だった藤臣が駆けつけた。

手術着に袖を通したあと、執刀医が達彦と知った。

思いがけず兄の前立ちをすることになり、微妙な空気が漂う中、どことなく嬉しかったことを覚えている。

だが、達彦のほうはそう思わなかったようだ。

藤臣の補佐が気になったのか、小さなミスを連発した。

結果、時間はかかったものの、赤ん坊は無事誕生。しかし、母体の出血量は想定以上に多くなった。子宮の処置に迷った達彦は、上司の指示を仰ぐと言って、なんと手術室から出て行ってしまったのだ。

あまりのことに、藤臣は引き止めることもできなかった。

なんといっても、自分はあくまでヘルプである。別の病院の医師という立場では、何かあったときに責任の所在がややこしいことになってしまう。

とはいえ、命を前にして『ヘルプなのでできません』とは言えない。自身の判断を信じて処置を進め、駆けつけてくれた別の医師とともに、無事、手術を終えたのだった。

「あれは……俺には」

一旦言葉を区切り、藤臣は言葉遣いを改める。

「あの件は、産科部長に提出した報告書を読んでください。それ以上のことは、僕の関知するところではありません」

一介の医師であったなら、手術中に執刀医が患者の傍から離れるなど、解雇処分を受けても文句は言えない。

だが達彦は、二ノ宮理事長の孫であり後継者だ。

例えるなら、王国内で王子様が失態を犯しても、もみ消されるのがオチということ。

藤臣にも、医師としての理想はある。だが医学界には、それほど綺麗な理想は抱いていない。そのため、彼は手術の経過を淡々と報告書に記し、それ以上の判断は付属病院の産科部長に一任したのだった。

その産科部長が、祖父にどんな報告をしたのかはわからない。

だが祖父は達彦を一喝したという。

『しっかりせんか、達彦！　あれほど金をかけて育ててやったというのに……。まったく、儂はとんだ外れクジを引かされたものだ』

『そうです。僕は、ダメな父親の血を引いてるんですよ。でも……あいつは違う。理事長の後継者には藤臣のほうがふさわしい。二ノ宮は、あいつに継いでもらってください』

達彦は初めて祖父に反発し、そのまま家を出てしまった。

後日、興信所の報告を受けたとき、達彦と一緒にいる女性が、付属病院を退職したばかりの看護師であることがわかった。ふたりは彼女の実家がある瀬戸内《せとうち》の島に渡り、島内にある病院で働いているらしい。

「だったらもう、諦めたほうがいい。親父やお袋のようになるとは限らないんだから。そのお嬢さんとの婚約は、どうせ金で片がつく話だろう？」

「金で片がつかんから、こうしておまえに頼んどるんだ！」

これのどこが、人にものを頼んでいる態度なのか。

小一時間、説教でもしたいところだが、きっと何十時間割いても、祖父のような人間は理解してくれないだろう。

藤臣は小さなため息をつくと、膝を立てて立ち上がろうとした。

「どんなに頼まれても力にはなれない。他をあたってくれ」

「彼女の腹には、達彦の赤ん坊がおるんだ！」

「なっ……」

それ以上、言葉が出てこない。

そんな藤臣に追い打ちをかけるように、

「向こうは、兄弟どちらでもいいから、入籍だけして沙保里さんと赤ん坊に二ノ宮の苗字を与えろと言っとる。それができんなら、子どもは処分させる、と」

どうやら、達彦に対しても説教をしなくてはならないようだ。

(なんで、結婚する気もないのに手を出すんだ!?)

「そんな事情があるなら、島まで行って連れ帰って来いよ!」

「ダメだ。今度のことでよくわかった。達彦に二ノ宮を背負っていくのは無理だとな。達彦の逃げ出した手術で、母子ともに助かったのは、おまえの腕だと産科部長から報告を受けておる。藤臣、沙保里さんを嫁にして、子どもの父親になれ。それだけで、二ノ宮はおまえのものだ。一産科医ではできることも限られている。だが二ノ宮を名乗れば、日本の周産期医療をおまえの理想に近づけることができるぞ」


一気に話し終えると、静香は食い入るようにこちらをみつめていた。

「だから、気を遣ってたんだ。西さんが、お兄さんのお子さんを妊娠しているから」

「そうなんだ。妊婦相手に、きついことは言えないからなぁ」

そもそも、藤臣が責任を追及されるべき話ではない。

兄の不始末の責任を弟に取らせるなど、時代錯誤も甚だしいだろう。しかも、兄弟仲を語る前に、達彦からは弟とも思われていないのだ。

とはいえ、沙保里にすれば、そんな兄弟の事情など関係ない。

婚約者が他の女性と逃げて、破談になった挙げ句、妊娠までわかった。身体の変化に気持ちがついて行けず、苛立ちをぶつけられたとしても、藤臣に突き放すことはできない。

「でも、那智に責任取る義理はないっていうか、取れないでしょ。既婚者なんだから……っていうのも、ひょっとして」

「正解。じいさん、俺に妻がいるって言ってなかったんだ」

次男にも女はいるようだが金で手を切らせる、といった話を、沙保里や彼女の祖父にしたらしい。

すぐに真相を話そうと思ったが、即中絶という話になることが怖くて言えなかった。

達彦に見切りをつけた祖父なら、沙保里の妊娠を伝えていない可能性が高い。達彦は手術室から逃げ出して戻ってこなかったが、代わりの医師を呼びに行ったことはたしかだ。それに、医師を続けていこうとしている。そんな兄が婚約者の妊娠を知れば、このままにはしないと信じたい。

「瀬戸内の島にある病院をあたって、兄貴と連絡を取ろうとしてるんだ。子どもがいても、西さんとの婚約を破棄するのか、話し合うほうがいいと思って」

祖父から兄の居所は聞き出せそうにない。

一緒に逃げた看護師とやらの情報も、藤臣が手に入れるのは難しかった。

瀬戸内海《せとないかい》には七〇〇の島があり、そのうち三〇〇が有人島だ。病院といっても産科とは限らないし、小さな診療所まで合わせると、気が遠くなる。

「それに、付属を退院するとき、外科部長から聞かされたんだ」

「何を？」

「じいさんの心臓、あんまり思わしくないんだとさ。この何年かは、国立の周産期センター設立に奔走して、落ちついてきた去年くらいから、兄貴の婚約に走り回ってたらしい」

達彦にしっかりした後見を持つ妻を、と望んだのも、若くして後継者になるであろう彼を案じてのことだと思う。

(兄貴が心配なのか、それとも大事なのは後継者だけか。まあ、じいさんと兄貴が仲よくやってくれたら、俺はどっちでもいいんだけどな)

藤臣が何度目かのため息をついたとき、柔らかな手が彼の頬に触れた。

「ごめん、そういうの知らなかったから、理事長のこと、ちょっと驚かせたかも」

「おまえに訴えるって言われた件か？　あれってマジだったのか？」

「だって、那智が付属に運ばれたとき、自分が祖父で他の家族はいないって言ったんだよ。

わたしはともかく、光子先生を蔑ろにしたことは許せない」

静香の目の奥に見えるのは、小さな怒りの炎だった。

「許さなくていいよ。おまえは、怒っていい」

「那智は？」

「俺は……家族だからな。あんなじいさんでも、頼られたら放ってはおけない。兄貴にも、嫌われてることはわかってても、知らん顔はできない、かな」

藤臣はソファの上に正座して、静香に向かって頭を下げる。

「おまえを裏切るような真似は絶対にしない！　だから、解決の目処が立つまで、少しだけ、俺の好きにさせてほしい。お願いします」

どちらにしても、沙保里はすでに妊娠九週だ。中絶を選択肢に入れるなら、達彦の捜索に長い時間をかけるわけにはいかない。

「わかった。西さんには、那智との関係は言わない。他に協力することってある？」

「あー、えっと、付属の産科を手伝うことになるかも……。兄貴が出奔して、かなり困ってるらしい」

付属病院の産科医は若手ばかりだ。それもこれも、達彦を次期産科部長にするためだという。そして万一の際は、センターに頼ればいいから、という話も聞いた。

「今以上に忙しくなるってこと？」

「……申し訳ない」

あらためて頭を下げようとしたとき、静香のほうから抱きついてきた。

「もう謝らないで。でも、ちょっと残念」

「残念？」

「だって、子作り……先送りになっちゃうね」

それを聞いた瞬間、猛烈に怒りを感じた。

（クソーッ！　馬鹿兄貴め！　無責任に子どもを作るような真似するな！　こっちは十年越しなんだぞ）

勝手に大風呂敷を広げて、畳めなくなった祖父のことなら放っておいてもいい。いい歳をした兄が、女と逃げようが知ったことではない。

だが、政略結婚に巻き込まれ、妊娠して困っている女性を見捨てることはできない。

（ばあちゃんも、妊婦さんの相談とか、親身になって聞いてたもんなぁ。だいたい、医者が頑張ってもどうにもならないことばっかりだけど……）

今回は違う。自分が頑張れば、どうにかなるかもしれないケースなのだ。

藤臣は気持ちを切り替え、苛立ちを抑えて静香の腰に手を回した。

そのまま自分の膝の上に乗せ、力いっぱい抱き寄せる。

「ちなみに、今日ってさ……子作り的にはどういう日？」

控えめな言葉で尋ねると、静香はクスクス笑いながら答えてくれた。

「微妙な日。次の予定まで一週間ちょっと、くらいかな？」

「そうか。じゃあ、俺の誕生日デートのときのほうが、可能性は高かったってことか」

「可能性は上だけど、少しずれてたからね。期待はほどほどに、とくに最初の半年くらいは、単純に避妊なしのエッチを楽しもうかなって」

彼女の言葉だけでなく、はにかんだ笑顔に心臓を射抜かれた気分だ。

（あー、やっぱ可愛い。俺の奥さん、死ぬほど可愛い。いや、もう、二十五年前にコイツ可愛いって思った五歳の俺を褒めてやりたい）

付属病院を手伝うことになれば、連続勤務は避けられない。

明日からのハードな日々を思うと、今夜はゆっくり休みを取るべきだろう。

責任ある仕事に就く大人として、社会人として、衝動の赴くまま突っ走るべきではない、というたくさんの理由はさておき……。

藤臣は吸い込まれるように、静香の唇を奪っていた。

舌先で唇を割り、唾液を啜り合うようなキスを交わす。唇を離したとき、艶めかしく糸を引き、ふたたび押し当てた。

「しばらくご無沙汰になりそうだから、ここはじっくり楽しんでおく？」

「わたしはいいけど、そっちは平気？　軽傷とはいえ、一応怪我人でしょ？」

たしかに〝一応〟怪我人だ。

職員用の駐車場からセンターに向かって歩き出したとき、『なーちセンセー』という男の子の元気な声が聞こえた。藤臣が診ている妊婦の子どもで、診察のときに顔を合わせるため覚えていたらしい。反射的に笑顔で手を振り返してしまったのだが、それが失敗だった。子どもは藤臣に駆け寄ろうとして車道に飛び出した。

敷地内なので車のスピードは出ておらず、藤臣がとっさに子どもを抱き上げて道路の端に避けたため大事には至らなかった。

怪我の理由は、避けたところに縁石があり、足を取られて転んでしまったことだ。その際、子どもを抱えていたので、顔から木に突っ込んでしまった。結果的には掠めただけで脳震盪も起こしていなかったのだが、不運なことに、近くに付属病院の新人看護師の一団がいた。藤臣は彼女たちから、『動かないでください！』と指示され、なんとストレッチャーで運ばれるという、得難い経験をしたのである。

静香にそのことを話すと、思ったとおり大笑いを始めた。

「どうりで。おでこは絆創膏、足首は湿布もなしだったわけね。でも、いい経験したじゃない。ストレッチャーに乗る機会って滅多にないよ。健康優良児だった那智はとくにね」

彼女の言うとおり、ひ弱だった出生直後に比べて、驚くほど健康に育った。それも成長するごとに強くなり、中学と高校では皆勤賞をもらったくらいだ。

「まあ、小さく生まれて大きく育った、代表みたいなもんだからな」

「お母さんのおかげだね」

そう言うと、静香はフッと真顔になった。

「だから、笑い話で済まないような……本当にストレッチャーに乗らなきゃならないような、大きな怪我は絶対にしないで」

大怪我のように病院に運ばれ、藤臣にとっては気恥ずかしい思いをしただけの一日入院だった。

だが静香にすれば、どれほど不安で心細い思いをしたことだろう。

「ああ、しない。約束する」

そう誓いながら、彼女をソファに押し倒した。

ほんのりと桜色に染まった唇に、彼自身の唇を落としていく。まるで磁石が引き合うような甘やかなキス。これは、何百回、何千回繰り返しても、とうてい飽きるとは思えない。

部屋着のTシャツを脱がせると、その下には初めてのときを思い起こすような真っ白なブラジャー。

ドキッとして手が止まった。

「コレって、勝負下着、みたいな?」

高校生のときと違って、レースがふんだんにあしらわれ、生地も上等に感じる。

特別なものに思えて『勝負下着』と言ってしまったが、夫相手に着る場合は、別の呼び方があるのかもしれない。

「勝負って……まあ、那智のために買ったのは間違いないけど。だって、好きでしょ？　こういう清楚で女らしいヤツ」

「え？　あ、うん、まあ」

「何よ。違うの？」

「いや、違うっていうか。違わないっていうか」

長い付き合いなので、静香の好みくらいわかっているつもりだ。彼女はファッションにはこだわりがなく、服も小物も値段と実用重視でシンプルなものを選ぶ。買い物に行って、洋服を選ぶより、お肉を選ぶ時間のほうが長いのだから、女性としては珍しいタイプだろう。

もちろん、それに不満はない。

ただ、そんな彼女がたまに白いブラジャーを身につけていることがある。すると、藤臣の中に初めての経験がプレイバックして、普段以上に興奮してしまう。

ということをつい白状してしまった。

「……エッチ」

胸元を隠しながら、口元を尖らせる。

そんな可愛い仕草の奥さんを見て、エッチにならない男は男じゃないだろう。

「でも、初めてのときのこと、そんなに覚えてるんだ。わたしは……最中のことは、あんまり覚えてないかも」

「強烈な経験だったからな。けっこう日焼けしてるって思ってたのに、胸とか背中とか、真っ白で……この辺り、とか？」

おへその上を指先でツーッとなぞった。

とたんに静香は身をくねらせる。

「きゃっ！　やだ、そこ、ダメだってば」

この場合の『ダメ』は、静香にとって感じる場所という意味だ。

今度は指ではなく、おへそを舌先でペロッと舐めた。そのまま、下腹部にかけて舌を這わせていく。

「やっ、あ……やぁ、んんっ」

腰を浮かせたタイミングに合わせて、ショートパンツと一緒に下着も剝ぎ取った。

彼女の両脚を開かせたまま、肩に担ぎ上げる。すると、絹糸のような茂みが眼前に近づいてきて、甘い香りに誘われるように、唇を押し当てたのだった。

舌先で花びらを押し開き、奥に潜む花芯に吸いつく。

わざと、チューチュー音を立てて吸ったあと、優しく甘嚙みした瞬間——。

「はぁうっ！」

しなやかな腰がピクンと跳ねた。

同時に、トロッとした蜜が膣奥から溢れ出てきて……。藤臣はその場所を舌先で探り当て、グッと捻じ込んだ。

指で淫芽を弄りつつ、蜜穴の内側を舐め回す。

「やっ、やぁっ！　あ、あぁ、もう、ダメェ……それって……気持ち、いい」

頤を反らし、静香の身体はピクピクと震えた。


「昔に比べて太った、とか言ったら、絶対許さないから！」

そんなことを言いながら、静香は水着姿で寝室に入ってきた。

頬が真っ赤に染まっている。それもそのはず、彼女が今着ているのは、紺地に白いラインの入ったスクール水着。

静香が高校時代に着用していた本物だ。

（ヤバイ。セクシービキニや清楚系ワンピースに比べて、破壊力がハンパない）

なんでこうなったのか……。

ソファで彼女を達《い》かせたあと、

『じっくり愛し合いたいから、ベッドに移ろうか』

なんて優しくささやきながら、ぐったりした静香を抱き上げて寝室に移動した。

そこで目にしたのが、中学高校時代の静香が着ていた水着だった。

プライベート用のカラフルなものから学校指定のスクール水着まで、何着かベッドの上に並べられている。それらが入っていたであろうダンボール箱は、上が開いた状態でクローゼットの前に放置されていた。

『あ、あ、あ、ダメ！　見ちゃダメ！』

彼女はバタバタしながら、藤臣の腕からベッドの上に滑り降りる。

『違うの。光子先生に教えてもらった、那智の好きなおかずのレシピを探してて、間違えて箱を開けただけなの』

慌てた様子でかき集めながら言われたら、逆に怪しく感じるものだろう。

『あーそういうことか。間違えて開けたけど、ひょっとしたら今でも着られるんじゃ？なんて思って、試しに着てみた、とか？』

『ち、違うってば！』

どうやら図星らしい。

そうなると、つい悪戯心が出てしまった。

『よし、わかった。じゃあ、俺が見てチェックしてやるから、着てみろよ。まずは、そのスク水から』

同世代の助産師や看護師に比べると、若く見られる静香だが、こうして見るとやはり年齢相応と言うべきか。

十代には出せない色気が、紺色の水着の端々からこぼれてきている。

「た、体重は……ほとんどっていうか、ちょっとだけっていうか、ふ、増えてるのはたしかなんだけど、でも、胸が……メッチャきつい」

言いながら、胸の辺りを整える仕草がやけに色っぽい。

「ああ、それは俺のせいかも」

「え？　どうして？」

「だって、十年以上、揉みまくってるからな」

静香が赤面して口をパクパクするのを見ながら、サッと近づいていく。そして彼女の背後に回り、肩に手を置いた。

ショルダー部分をずらすと、水着を押しのけて胸がポロンと弾け出た。

「きゃっ!?　ちょっとぉ、着せたいの？　脱がせたいの？」

「両方に決まってるだろ」

「両方？」

「スク水姿のおまえを襲いたい！」

「……………那智、変態に目覚めちゃった？」

ここで、スクール水着は男のロマンだ、と力説したら、変態が確定するのだろうか？

藤臣はちょっとだけ答え方を変えてみる。

「スク水姿の水元って、襲いたいくらい可愛い。高校時代を思い出した。頼むから、このままエッチさせてくれ」

「な、何、言い出すのよ。もう、那智の馬鹿ぁ」

静香の声に熱を孕んだ甘さが出てくる。

「一回だけでいいから」

そう言いながら、彼女をベッドのほうに押しやり、そのまま手をつかせた。

突き出したヒップには、水着が食い込んでいる。その狭い隙間に指を差し込み、クロッチ部分を横にずらした。

口淫に蕩けたその部分は今も充分にヌメっていて、ちょっとした刺激にすら蜜穴の入り口をヒクつかせている。

「水元のココ、もうグチョグチョに濡れてる。ひょっとして、俺に抱かれたかった？」

「ん……抱かれた、かった」

羞恥と快感が混じった声色に、藤臣の欲情はメーターを振り切った。

自身の短パンを押し下げ、そそり勃つ雄身を乱暴に摑んで静香の蜜口に添わせる。

「俺も、ずっと水元のことを抱きたいと思ってた。それと……ゴム、ないんだけど、着けなくてもいい？」

高校生のときには言いたくても言えなかったセリフだ。

ほんの少し、あのころに気持ちを戻してみる。

「で、でも、赤ちゃん、できちゃうかも」

藤臣の遊び心に、静香も付き合ってくれるつもりらしい。

「いいよ。水元に、俺の子どもを産んでもらうって、決めてるから」

「わたしも。お願い、そのまま、挿《い》れて」

彼女は床に膝をつき、前のめりにベッドにもたれかかった。それに合わせて藤臣も腰を落とす。

直後、漲る欲棒で蜜穴の底を穿った。

蜜襞が纏わりつき、彼の熱を奪うように蠕動する。

「水元の膣内《なか》、熱くて、狭くて、気持ちいい。今から、妊娠させるんだって思ったら、それだけで発射しそうだ」

「那智のも、なんか、お腹の中がいっぱいになってる感じ」

「痛い？　それとも、苦しいか？」

ひと呼吸おいて、静香はフルフルと首を振った。

「嬉しい。那智とひとつになってるのが、すっごく嬉しいの」

振り切ったメーターがひと回りして、藤臣の心は愛しさで溢れんばかりになる。

しかも、脱げかけたスクール水着というのは、なんと艶めかしく感じるものなのだろう。

彼女の腰を摑み、一心不乱に突き上げる。

「あ、あっ、あっ……那智、那智、もっと、もっと、して……もっと、奥ま、で……あぁ、あ、あ、あ、あーっ！」

パチュンパチュンという音に、彼女の嬌声が重なった。

いっそうヌメリが増し、抽送の滑りもよくなる。

だが、抜き差しを繰り返すうちに、締めつけがきつくなっていって――。

「ああ、チクショー、もっと続けたいのに、持ちそうにない」

「わ、わたし、も……また、達《い》っちゃいそう」

藤臣は彼女の上に覆いかぶさり、耳元に口を寄せた。

「一緒に、達《い》こうか」

「……ん」

聞こえるか聞こえないかの声で答えながら、静香はうなずく。

「いっぱい射精《だ》すから、全部、子宮で受け止めるんだぞ」

「……」

今度はうなずくだけで、彼女の手がシーツをギュッと掴む。

藤臣はそんな彼女の手を、上から握りしめた。

その瞬間、静香の膣奥で欲望を解き放つ。肉棒の先端が爆ぜ飛ぶ感覚。白濁のシャワーを彼女の子宮に吹きつける。

ペニスが空っぽになるまで彼女を満たし続け……。

引き抜くと同時に、白濁が流れ出てきて、紺色の水着を汚した。

それを見るなり、まるで本物の女子高生とセックスしてしまった気分になる。

「スク水、精液で汚すのは、マズかったかも」

力が抜けたように床に座り込み、無意識に呟いていた。

「何？　珍しく賢者タイム？」

静香はベッドにもたれかかったまま、クスクス笑う。

スクール水着に欲情して、女子高生モードの静香を妊娠させようとしたのだから、いささかバツが悪い。

「そうだよねぇ。産科《ギネ》のドクターがスクール水着フェチなんて、もしバレたら、ちょっとしたスキャンダル？」

「いや、待て。誰がスク水フェチだよ。俺は、おまえ限定なの」

「じゃあ、今度実家から、高校の制服持ってこようかなぁ」

静香は少しずつ藤臣のほうに近づきながら、彼の腕に抱きつき、上目遣いに微笑んだ。

「那智は見たくない？　それとも、賢者タイム続行する？」

「おまえなぁ」

大きく息を吐いたあと、静香を抱きしめて床に寝転がった。

「持ってくるなら、中学んときのセーラー服にしろ！」

賢者タイム終了を宣言する藤臣だった。

第五章　愛が試されるとき

翌日、藤臣が付属病院の産科にヘルプとして入ることが報告された。

センターも人材が余っているわけではないため、ほんの数日間という話だった。

ところが、同じ日に二ノ宮理事長が付属病院に入院。達彦不在の現状では、無視するわけにもいかず、藤臣の仕事内容は産科のヘルプどころではなくなってしまったのである。

あっという間に三日……五日……一週間と過ぎ――。

十日が過ぎたころには、

『那智先生はセンターには戻らないそうだ。彼は二ノ宮理事長の孫でグループの後継者になるらしいから』

そんな噂まで、まことしやかに流れ始めた。

静香をはじめとした情報を知り得る立場の人間は、否定も肯定もできず……。

だが、実を言えばこの十日間、静香もほとんど彼の顔を見ていなかった。会いに行くことは可能だが、ちょうどいい理由が思いつかない。

(夫の着替えを届けに来ました……って言えたらいいんだけどねぇ)

言うだけなら簡単にできる。しかし、達彦と沙保里の件は、二ノ宮理事長が入院したこともあって解決の目処も立っていない。ここですべてを暴露してしまえば、静香まで火中の栗を拾う羽目になりかねないだろう。

だがそれ以上に、付属病院の仮眠室に連泊している藤臣のことが心配だった。

最低でも一日一回かかってきた電話が、もう六十時間以上かかってきていない。静香からかけた電話も、すべて留守電になってしまう。

(もう一日、二十四時間だけ我慢してみよう。それを過ぎたら、なんとか、無事だけでも確認してこなくっちゃ)

静香はそんな気持ちを胸に秘め、笑顔で午前の業務を終えた。

といっても、今日の静香は分娩室担当。そしてちょうど、お昼前に三つある陣痛室のふたつが埋まった。

両方とも初産婦のため、時間がかかることはほぼ間違いない。その分、陣痛の進行具合を細かく確認しなくてはならず、目が離せないのだ。

十四時過ぎにようやく交代要員が来てくれて、遅い昼休憩に入ったところだった。

(忙しいほうがよけいなことを考えなくて済むから、まあ、ヨシとしよう)

静香が食堂に足を向けたとき、

「先輩、先輩、水元先輩！」

呼ばれた瞬間、廊下を駆けてくる里奈の姿を想像した。

里奈は六月に入って、ひとりで業務を行うようになった。分娩介助の際は静香が補佐として立ち会うが、それ以外はひとりでも立派にこなしている。

それがこんなふうに慌てた様子で駆け寄ってくるということは？

(なんかやらかした？)

ドキドキして振り返ると、そこにいたのは新人看護師、高瀬美園だった。

身長は里奈より若干低めだが、出るところはしっかり出ている。そのため、可愛いというより年齢以上に色っぽく見える。唇がぽってりしているところも、静香にはないセクシーさを感じる所以だろう。だが、やはり二十代前半という若さは肌の張りでわかる。かなり若く見られる静香でも、接近すると……八歳差は大きいと認めざるを得ない。

「なんだ高瀬か。どうしたの？　っていうか、わたしっていつから、あんたの先輩になったんだっけ？」

「そんなことより！　急いで外来まで来てください!!」

「外来？　ああ、今日はわたし、一日通して分娩室担当なのよ。えーっと、午後の外来担当はたしか」

シフトの顔ぶれしだいで担当は変更されることがある。

とくに、どこに回されてもそつなくこなす静香の場合、急な変更もままあった。だが、通常は一日通して同じ担当だ。

当然、看護師のシフトとは異なっており、新人の美園ならわからなくても無理はない。

静香はそれを指摘しようとしたが、

「違うんです！　妊婦さんが、助産師は水元先輩をご指名なんです！」

「は？　いやいやいや、キャバクラじゃないんだから」

医師の指名はたまにあるが、助産師は珍しい。

だが、静香のことを信頼してくれた妊婦が紹介してくれるケースも稀にある。無下にはしたくないが、応じることは現実として難しかった。

「そういう場合はね。うちは、助産師の指名はできませんので、って丁寧に説明するんだよ。あ、くれぐれも、妊婦さんの機嫌を損ねないように」

冗談めいた口調で答えながら、静香は美園に背を向ける。

だが美園は、飛びつくようにして静香の腕にしがみついてきた。

「言えません！　だって、付属の産科部長さんの紹介なんですよ。こちらで健診を希望されてる妊婦さんがいる、いろいろと融通を利かせてあげてくれって。だから、佐々倉先生もダメって言えないみたいで」

「え?」

それを聞いた瞬間、静香の胸に嫌な予感がよぎった。


「ごきげんよう。助産師の水元静香さん」

佐々倉の診察室で待ち構えていたのは、想像どおりの人物、西沙保里だった。

相変わらずニコリともせず、静香を見下ろしている。だが、前に会ったときより身長差を感じない。どうしてだろうと思って足元を見ると、今日はローヒールだった。

やけに攻撃的な女性だが、お腹の子どものことは大事に思っているようだ。

それがわかり、身構えていた静香も肩の力を抜く。

「建物は付属病院の半分しかないのに、どれだけ妊婦を待たせるつもり? それとも、あたくしから逃げようとしたのかしら?」

(うーん、やっぱり構えておくべき?)

静香は心の中でファイティングポーズを取りつつ、営業スマイルを浮かべた。

「西さんでしたね? 妊婦健診は付属病院で受けておられるんじゃ? それとも、何か気になることでもありましたか? 佐々倉先生、何か?」

静香が佐々倉に視線を向けると、

「いや、気になる所見はありませんね。付属から回していただいたカルテによると、明日には十一週に入る感じで……とくにうちでやることは」

どう判断したらいいのか、佐々倉も困っている様子だ。

ふと気づくと、診察室の隅に里奈が立っていた。大概のことには笑顔で対処できるタイプだが、沙保里にはよほど嫌みなことを言われたらしい。里奈の顔には苛立ちと屈辱が浮かんでいる。

静香はあらためて沙保里のほうを向いた。

「西さん、申し訳ありませんが、当センターではドクターやナース、助産師の指名はできないことになっております。こうして、わたしを呼ばれましても」

「そんなこと関係ないわ。だって、新しく二ノ宮の後継者になった藤臣さんの希望ですもの。優秀な助産師であるあなたに、自分の子どもを取り上げてほしいんですって」

沙保里の爆弾発言に、診察室の空気が一瞬で固まる。

静香もどう答えるべきか、いきなり過ぎて頭が上手く働かない。

この微妙な沈黙に、沙保里は何も感じないようだ。

「ああ、いいのよ、べつに断ってくださっても。だって、あなた、藤臣さんのあとを追ってこの病院まで来たんでしょう？」

「……は?」

沙保里の言葉はある意味正しい。

だが真実は、沙保里の妄想とは、恐ろしいほどかけ離れている。

(ホントのこと、言ったらダメなんだよね? だって、那智は穏便に解決したくて、家にも帰らずに頑張ってるんだもの)

静香から見たら、二ノ宮理事長は『クソじじい』だ。加えて、医師としての適性はともかく、婚約者から逃げた達彦は〝男のクズ〟だと思う。

しかし藤臣にすれば、ふたりは切り捨てることのできない血の繋がった家族。

そして沙保里のお腹の子どもは彼の姪っ子か甥っ子で……藤臣は赤ん坊の誕生を心から願っている。

どれほどの理不尽を押しつけられても、自分は幸せだから気にしていない、という藤臣。

そんな彼に代わって、静香は怒りを口にしてきた。

(若先生だかなんだか知らないけどさ。いくら母親が死んでつらいからって、それを弟のせいにするなんて最低! 会いに行ったときも追い返されたし。しかも、医者として那智に敵わないからって、普通は逃げ出さないでしょ)

この事態を引き起こしている張本人は達彦だ。男と女の関係は他人にはよくわからないが、沙保里も被害者と言えなくもない。

となると、今ここで沙保里と事を構えるわけにはいかない。

静香はわずかにうつむき、グッと言葉を呑み込んだ。

その仕草が負けを認めたように映ったのかもしれない。沙保里は顎を上げて、勝ちを確信したような顔をした。

「よほど深いお付き合いをされていたのかしら？　藤臣さんだけでなく大先生まで、やけにあなたに気を遣っているみたいで……おかしな話だわ」

「……」

沙保里を納得させ、里奈たちにもこれ以上の嘘をつかずにごまかせる言い訳はないものだろうか？

だが、そんな都合のいい釈明がパッと思いつくわけもない。

静香の額に汗が流れてくる。

「ちょっと！　いくら付属の、産科部長さんからの紹介といっても、失礼じゃありませんか？　なんの根拠があって」

さすがに黙っていられないと思ったのか、里奈が横から口を挟もうとする。

「綾川！」

短く声をかけながら、静香は首を横に振る。

里奈は不満そうな顔をするが、

「西さん、プライベートなお話をこういった場でするのは」

「じゃあ、別れてくださるわね？　この子のためにも、一日も早く結婚したいの。大先生も、問題はあなただけっておっしゃってたわ！　藤臣さんだってそうよ。助産師なんかに纏わりつかれて迷惑だって」

「那智先生が？　本当にそんなことを？」

「え、ええ、そうよ！　あたくしが嘘をついているとでも」

ケンカ腰になりそうなのをグッと抑え、静香はできる限りゆっくりと言葉にした。

「いいえ。でも、ちょっと考えてください。あなたにとって邪魔なのは、このわたしですよね？　今の発言だと、那智先生が助産師を見下しているように聞こえます。それはトラブルの元になりますから、産科の権威といわれる二ノ宮理事長の後継者にはふさわしくない、と言われかねませんよ」

二ノ宮医療福祉大学の卒業生は、産婦人科に進む者が多い。理事長が産婦人科医の代表的存在であるため、当然といえば当然だろう。

そういえば、藤臣が言っていた。

達彦は望んで産科医になったわけではなく、理事長命令だったようだ。手術室から逃げ出した理由のひとつは、そのことがあったのかもしれない、と。

沙保里も思うところがあったのか、少し前までの勢いはなくなっていく。

「助産師とは、言わなかったかも……そうよ、年増女に纏わりつかれて、だったかもしれないわ」

それはそれで、多くの女性を敵に回すセリフだろう。

「ちょっと、こちらへ」

静香は沙保里の手を取り、彼女を押し出すようにして診察室から出た。

幸いにも、午後の外来が始まる前で、廊下はスタッフが行き来している程度だった。

「なんなの、あなた!? 乱暴な真似をしたら、おじい様に言いつけるわよ！ あたくしのおじい様は大臣をされたこともあって」

「達彦先生とのお話、聞いています」

静香が切り出した言葉に、沙保里は目を見開く。

「そ、それは、公表されてないことよ。大先生だって、今だったら、花婿を入れ替えるだけで済むっておっしゃって」

それだけで済むわけがない、と考えるのが普通ではないだろうか。

だが、そこで引っかかっていては話が進まない。

「那智先生は、西さんと達彦先生のおふたりが直接話し合う必要があると言ってました。そのために、達彦先生と連絡を取ろうとされています」

「どうして、あなたがそんなこと」

「達彦先生に対する、お怒りは尤もです。でも、お腹の赤ちゃんのためにも……。必要以上に那智先生を巻き込んでしまったら、後々、面倒なことになると思うので」

あえて自分の立場は言わず、でも裏の事情は知っているぞと脅す――いやいや、手の内を明かす、〝すべては赤ちゃんのため〟作戦だ。

もし、沙保里の中に達彦への思いが残っていたら、彼女は静香のことを、味方だと思ってくれるかもしれない。

というのは、甘かった。

「冗談でしょう⁉　達彦さんなんて……もう、二度と会うつもりはありませんから」

怒りとは違う、本当に会いたくないといった波動が伝わってきて、静香は面食らってしまう。

「でも、お腹の赤ちゃんにとっては、パパなんですから」

「この子の父親は藤臣さんよ！　ええ、大先生がそうおっしゃったんですもの」

「いや、でも……」

「達彦さんは、お医者様として致命的なミスをしたんですって？　もう戻って来られないそうじゃない。いいこと、あたくしは二ノ宮家の後継ぎと婚約したの。藤臣さんは若いけど、しっかりしていて腕もいいし、次期産科部長、将来の院長にふさわしいって付属病院の先生たちも言っていたわ。あたくしにも、とっても優しくしてくださるし」

沙保里の目は現実ではなく、彼女にとって都合のいい虚構の世界を見ているようだ。

彼女には、真実を伝えたほうがいいような気がする。

「えーっと、西さん、あなたにお話ししたいことが」

「聞きたくないわ！　もし、達彦さんが帰ってきたら、この子は殺すしかなくなるんだから。そうなったら、あなたのせいよ。よーく覚えておきなさい!!」

次の瞬間、落とされていた照明がパッと明るくなった。

午後の外来診療が始まる合図だ。

静香がそちらに気を取られたとき、沙保里は静香を突き飛ばすようにして、診察室の前から立ち去ったのだった。


仕事がひと区切りして――。

重い足取りでスタッフ詰所に戻るなり、静香は同僚たちに取り囲まれた。

「那智先生って、やっぱり二ノ宮理事長の身内だったんだって？」

「仕事熱心で真面目な堅物って思ってたのに、意地の悪そうなどっかのお嬢様を孕ませたってホント？」

「それも、ずっと尽くしてきた水元を捨てて、出世を取るなんて」

「那智先生だけはって思ってたのになぁ。残念っていうか、頭にくる！」

待ち構えていたのか、マシンガンのように言葉が降ってくる。

(佐々倉先生はともかく、綾川と高瀬だもんねぇ。黙ってるわけないか)

ゴシップ大好きコンビの前で、男女の修羅場っぽいやり取りを繰り広げたのだ。この分だと、すでにスタッフのみならず、入院患者にまで広がっている可能性は大だ。

考えるだけで、心も身体もぐったりして、この場に座り込んでしまいたい。

だが、そんなわけにはいかなかった。

「どうなんでしょうねぇ。まあ、わたしも助産師として誠心誠意尽くしてきましたから」

静香は胸を張って腕を組むと、精いっぱい明るい声を張り上げる。

「っていうか、この永遠の女子高生みたいな、美貌のせい？　きっと、何人ものドクターをトリコにして、あちこちで恨みを買ってるのかも。ああ、イイ女ってつらいわぁ」

「先輩……お嬢様が言ってたのと、微妙に違うような」

「何？　このわたしが、那智先生に纏わりつくと思う？　もしそうなら、逆に決まってるじゃない！」

静香と藤臣はどういう関係なのか。

その質問を避けるため、あえてこちらから踏み込んでみた。

(嘘は言ってない、うん、言ってない……と思う)

そんな静香に助産師仲間から声がかかる。

「イイ女って誰？」

「っていうか、なんでつま先立ちしてんの？」

言われて初めて気づいた。どうやら、条件反射的に、ちょっとだけ自分を大きく見せようとしていたらしい。

「えーっと、ほら、イイ女的に、もう少し脚の長さがほしいかなぁと」

「じゃあ、長さが足りない時点でアウトだ」

詰所内に笑い声が響き渡り、静香はホッと息を吐く。

そのとき、

「水元さん、第二陣痛室にお願いします！」

看護師に声をかけられ、「はい！」と答える前に静香は詰所を飛び出した。

陣痛室である程度までお産が進み、その後、分娩室に入ってもらう。その時間は人によって違い、昼前に陣痛室に入った初産婦のふたりも、ひとりはあっという間に進んで、三十分前に女の子を出産した。しかしもうひとりは……今も陣痛室で頑張っている。

「先輩！　那智先生のことは、先輩からフッたってことでいいんですよね？」

なぜか、静香のあとを追いながら、里奈がそんなことを聞いてくる。

「いや、だから……お付き合いしてるわけじゃないって、前も言ったじゃない」

「いいんです。わかってますから。でも、女を出世の道具にするドクターなんて、底が見える感じで最悪。あたしの中で、那智先生はランク外になりました」

ビックリするくらいの真剣さで言われ、静香も思わず足が止まってしまう。

「綾川？」

「あたしは本当に先輩のこと尊敬してて……おふたりの間に流れる空気とか、いいなぁ、羨ましいなぁって思ってたから……だから、あの女と結婚するなら、もう、センターには戻ってきてほしくないですっ！」

里奈は涙声で言うなり、身を翻した。

「待って、綾川！　綾川！」

追いかけようとしたとき、背後から「水元さん、早く！」と言われた。

里奈のことは気になるが、ここで後輩を選ぶわけにはいかない。静香は無理やり感情を封じ込め、分娩室に急いだのである。


今日の夜勤は里奈だった。

静香も一緒に昼夜連続勤務をこなし、零時前には、陣痛室から分娩室までようやく空になった。

　ふたりで次に備えて陣痛室の準備をしていたとき、里奈が訥々と話してくれた。

「美園ちゃんが先輩を呼びに行って、佐々倉先生も席を外したとき、あの妊婦さんに言われたんです」

『あなたも助産師？』

『はい。お名前を挙げられた水元さんにはまだまだ及びませんが』

『まあ、若く見えるのに、あの人ってそんなに偉いのね？』

『偉いといいますか……水元さんはアドバンス助産師なんです。新生児蘇生法の専門コースや母体救命コースの認定証もお持ちですから』

　ほとんどの妊婦は、不安を抱えつつも幸福のオーラで包まれている。目の前の妊婦はどこか違うが、それは、お金持ち特有のもので、上から目線が消せないだけだろう。その証拠に、彼女は助産師を指名するために、わざわざセンターに移ってきたのだ。それだけ、その助産師――静香に信頼を寄せているに違いない。

　と、里奈が勘違いしても無理はない。

『あ……アドバンス助産師というのはですね、何年も経験を積んで、さらに能力を審査してもらって、与えられる資格でして』

　安心してもらおうと言葉を足した里奈に向かって、沙保里は嘲笑を浮かべた。

『いやだ、それがなんになるのかしら？　そもそも、助産師っていらないでしょう？　産科に必要なのはドクターだけ、あとはナースで充分だわ』

『いえ、それは……』

里奈はこのとき初めて、沙保里の静香に対する思いが〝信頼〟ではなく〝悪意〟だと気づいたという。しかも、お嬢様然とした沙保里の豹変ぶりに驚くあまり、助産師の必要性も何も上手く説明できなかった、と口惜しそうに話す。

そして沙保里は、動揺する里奈に追い打ちをかけた。

『どうせ、医者と結婚したいだけじゃないの？　水元って助産師がいい例ね。あの人、この子の父親から離れてくれないの』

『……父親って、いったい』

『二ノ宮藤臣、ああ、ここでは〝那智先生〟だったわね。三十になって捨てられたくないのはわかるけれど、でも、子どもまでいるんだもの。諦めてもらわないと』

藤臣は二ノ宮家を継ぐことになった。そんな彼にふさわしい妻として沙保里が選ばれたのに、静香が裁判沙汰にしても別れないと二ノ宮理事長を脅している。そのせいで、理事長は倒れて入院してしまい、藤臣も困っている、と。

どうやら、静香のささやかな抵抗を、捻じ曲げて利用されてしまったらしい。

静香が返事に困っていると、里奈は自分のことを話し始めた。

「あたし、ナースになって一年目に、ドクターに騙されたんです。二十代の後期研修医に交際を申し込まれて、普通に付き合い始めて……だから、てっきり独身だとばかり」

　ある日、産休から復帰したばかりの女性医師の下につくことになった。

　その女性医師は、なぜか里奈にだけ厳しくあたったという。自分が至らないせいだ、と必死で応えようとする里奈に、女性医師は言ったのだ。

『ピルはちゃんと飲んでおきなさい。五歳も姉さん女房だから、セフレくらい我慢するけど、妊娠したら訴えるわよ』

　その言葉を聞いて、里奈は交際中の後期研修医が女性医師の夫だと知った。

「あたしが採用される前に産休に入ってたドクターで、だから、気づけなかったのに。先輩たちからも言われました。玉の輿狙いのナースがいるから、自分たちも悪く見られるんだ。本当は知ってて略奪しようとしたんだろうって」

　自分は〝玉の輿狙いのナース〟ではない。その証明のためにも、彼女は専門学校に入り直して助産師となった。そして、開設して間もないセンターの採用試験を受けたという。

　無事採用され、新たな気持ちで飛び込んだ場所で出会ったのは、静香のような先輩助産師と、肩書など関係なしに一体となって働く産科のチーム。中には多少問題がありそうな医師はいるものの、藤臣を筆頭に仕事熱心な人間が多く集まっていた。

　ここで失敗はしたくない。

　センター内のゴシップに敏感なのは、二度と騙されたくない、『知らなかった』と言いたくない一心で情報収集した結果だった。

「それなのに……那智先生まで、そんな男だったなんて。ドクターなんて、ろくでなしの集まりなんですね」

いつもと違う低いトーンの声で吐き捨てるように言う。

だがその声は、里奈の容姿によく似合っていた。

本当はこんなふうに話す女性なのかもしれない。助産師として、明るく元気に見せるため、里奈も人知れず頑張っているのだ。

後輩ではなく、ひとりの女性として、静香は心のままを口にする。

「違う。那智はそんな男じゃない」

「先輩?」

「今は、それ以上のことは言えないけど、でも、那智はあんたを騙したドクターと同じ穴の狢じゃないよ。どうか、わたしを――ううん、彼を信じてあげてほしい」

わたしを信じてほしい、と言いかけ、口を閉じた。

自分は里奈を騙している。

今度の件に決着がついたら、それがどんな形であれ、みんなに真実を告げよう。静香はその思いを、一刻も早く藤臣に伝えたい。

静香がその思いを新たにしたとき、院内スマートフォンに登録のない番号から電話がかかってきた。

藤臣かもしれないと思って出た相手は――二ノ宮理事長だった。


軽い電子音が鳴って、エレベーターは付属病院の十一階に到着した。

エレベーターから降り、背後で扉が閉まった。同時に、救急車のサイレンが聞こえ、静香は耳を澄ます。

センターか付属病院か、この位置からはわからないが、救急搬送があったようだ。

(戻ったほうがいいかな?)

何かあれば静香にも連絡が来るはずだが……。

しばらく待って、歩き出そうとしたとき、窓ガラスに映った自分の姿に目を留めた。

理事長からの呼び出しに、ユニフォームのまま来てしまった。

(勤務中に呼び出すんだから、仕方ないよ。それに、これがわたしの戦闘服だし)

裾を引っ張りながら、とりあえず胸を張ってみる。

理事長が入院している部屋は、大きな病院にはたいてい用意してあるＶＩＰルームだ。

政治家や実業家、芸能人など有名人御用達の部屋である。

空室のときは監視カメラがあるだけだが、入院患者がいるときは入り口に警備員まで立っているのだから、かなり物々しいと聞く。

だが今は、警備員の代わりに二ノ宮家の顧問弁護士が立っていた。

そのまま中に通され、静香は初めて広いＶＩＰルームに足を踏み入れる。

部屋の中は薄暗い。だが、白を基調とした病室と違い、まるでホテルのスイートルームのような内装だった。アンティークなデザインのソファといい、毛足の長い絨毯といい、窓のカーテンもやけに分厚そうだ。

その中で、一定のリズムを刻む機械音だけが、ここが病室であることを示していた。

「遅いぞ。年寄りの病人をこんな時間まで待たせるとは、非常識な女だ」

相変わらずの言い様に、静香は息を吐く。

「理事長がお電話をくださったのが一時間前ですよ。昼夜の連続勤務で、仮眠も取らずにやって来たんですから、申し訳ない、くらい言ってほしいものです」

ダブルサイズのベッドに近づきながら、小さな声で答える。

すると、理事長はベッドの掛け布の上に、一枚の紙を放った。

「沙保里さんが、そっちに行ったらしいの。片がつくまで、おとなしくしていてくれと言ったんだが……まったく、女は子を孕むと見境がなくなる」

理事長は、まるで沙保里が悪いように言う。

だが、政略結婚の相手である子どもの父親に逃げられたのだ。お腹の子どもを産みたいと思えばこそ、次善の策があるなら飛びつくのは当然だろう。

（無責任にも、人の亭主を次の候補に差し出したあんたのせいでしょ！　って大声で言いたい!!）

心臓に問題がある八十代の老人相手に、そうキツイ言葉は出せない。

「だが、そのせいで引っ込みがつかなくなってな。式は後回しでよい。入籍だけでも済ませ、孫娘を疵物にした誠意を見せろと言ってきた」

「そんなこと、どうするおつもりですか？」

「なに、簡単なこと。あんたがそれにサインすれば済む話だ。明日にも沙保里さんを、我が家の嫁として迎えることができる」

ふたつ折りにされた紙を手に取って広げると、薄闇でもはっきり〝離婚届〟の三文字が見えた。

しかも左側、夫の欄にはすでに藤臣の署名捺印までされている。

「あんたならわかるだろう？　それが、藤臣の字だということくらい」

暗がりなので絶対とは言えないが、似ていることはたしかだ。そして印鑑も、彼が書類に捺す印に字体がよく似ている。

「奴も利口になったということだ。わかったなら、さっさとサインして、表の弁護士に渡して帰れ。引き換えに、一生遊んで暮らせるだけの金をやろう」

一瞬、ほんの一瞬だけ、頭にカッと血が上った。

藤臣が電話をかけてこなくなったのは、静香からの電話を取らなくなったのは、ひょっとして……。

そのとき、左胸に当たる指輪の感触に、ハッと我に返る。

静香は一回深呼吸して——離婚届を二枚に引き裂いた。薄い紙なので、折り目に沿っていとも簡単に切れてしまう。

「おい！」

「離婚してもいいですよ。でも、偽物はダメです。彼がわたしの目の前でサインするなら、慰謝料ゼロで応じます」

藤臣に限って、と言いたい。

その反面、家族のため、あるいは生まれてくる子どものためなら、彼は自分自身を犠牲することも厭わないだろう。

彼がもし、それだけの覚悟を決めるというなら、静香も応じざるを得ない。

だが理事長に、そこまでの決意は伝わらなかったようだ。

「偽物、だと……どうして、そんなことが言える？　自分を見捨てた兄を出し抜き、何もやらんと言った儂から、すべてを引き継ぐことができるんだ。まともな男なら、このチャンスを逃すものか！」

その言葉を聞き、静香は呆れたようにため息をついた。

「じゃあ彼は、まともな男じゃないんでしょうねぇ」

正直な感想だったが、理事長にすれば馬鹿にされたと思ったのだろう。

「とにかく、西さんのお腹の赤ちゃんについては、達彦先生と話さないことには解決しませんよ。これ以上、藤臣さんに負担をかけるのはやめて、理事長ご自身で達彦先生と連絡を取ってください」

静香が一方的に話して、

「では、仕事がありますので、失礼いたします」

頭を下げ、背中を向けたときだった。

「そうかそうか……では儂は、沙保里さんの祖父上にこう報告しよう。藤臣は二ノ宮の後継者になりたいばかりに、嫁がおるにもかかわらず、沙保里さんを騙したようだ、とな」

「!?」

俄には信じ難い言葉に、静香はまじまじと理事長の顔を見る。

「医師免許に関わることではないが、奴の評判は地に落ちると思わんか？　そうそう、那智産婦人科の後継ぎであることも伝えておこう」

「まさか、本気でおっしゃってませんよね？」

「儂は冗談が嫌いでな。そういうあんたも、藤臣の心配をしとる場合ではなかろう」

「どういう意味ですか？」

「奴と夫婦だという素性を隠し、偽名で助産師の仕事をするとは。いったい、なんの魂胆があってのことか……あんたのほうは、助産師会から呼び出しがあるだろうな」

すべて理事長の顔には、どす黒い腹の中が透けて見えるような、卑屈な笑みが浮かんでいた。

だが、今の静香にはそれを証明する手段がない。

（まさか、このため？　だから、理事長自身はなんの指示もしなかったっていうの？）

最初からその思惑で動いていたとしたら？

そう考えるだけで、静香は空恐ろしくなる。

それでも、うつむきそうになる顔を必死で上げ、目を逸らさずに理事長を睨み続けた。

「楽しいですか？　あなたを家族と呼ぶ藤臣さんを、ここまで傷つけ続けることが」

静香の問いに、理事長は相好を崩した。

「家族？　そんなわけあるまい。あの男の本性は、儂や達彦に復讐をたくらんどるんだ。産科医になったのも、センターに乗り込んできたのも、計画の内ではないのか？　あんたも知っとるんだろう？　人の好い顔で近づいてきても、儂は騙されんよ」

「どうして？　どうしてそうなるんです⁉　そりゃ、わたしは絶対許せないって思ってますけど、でも那智は……藤臣さんは違うでしょう？　どうして、それがわからないの⁉」

何度、口から出そうになっただろう。

二ノ宮の兄と祖父を家族だという藤臣に、『もう、いいんじゃない？』『あの人たちは変わらないよ』『家族なんて思うだけ無駄だよ』と。

血の繋がった家族なら、光子先生がいる。

誰より藤臣を愛している静香もいる。これから、ふたりの子どもを作って、家族を増やしていけばいい。

だからもう、二ノ宮の人たちと家族になろうとするのは諦めてほしい。

言いたくて、言おうとして……でも、言えなかった。

（両親がいて、妹がいて、田舎にはおじいちゃんやおばあちゃんがいて、他にも親戚がいっぱいいるわたしに、言えるわけないじゃない）

悔しい思いで叫んだ静香に、理事長の冷ややかな声が浴びせられた。

「家族がほしいなら、ちょうどいいではないか。若い沙保里さんに、たくさん産んでもらえばよい。あんたじゃ、無理そうだからの」

カッと頭に血が上った。

だが、この理事長相手にふたりで決めた家族計画など、語る気にもならない。

「おお、そうそう、ひとつ忘れておった。あんたに加担した事務員、あの女はクビだ。亭主ともども、関東近郊の病院に勤めるのは難しいだろうな」

「旧姓で働く女性は大勢います。偽名で登録したわけでも、身分を詐称したわけでもありません！　一方的に解雇なんて、そのほうが違法です!!」

「なら、訴えるがよかろう。金も時間もかかるだろうが、せいぜい頑張ってくれ」

理事長の言っていることは、単なる〝言いがかり〟だ。

それは、理事長本人も充分にわかってやっている。

赤の他人を巻き込むことで静香を困らせ、静香自ら離婚届にサインさせる目論みに違いなかった。

（あー、ナニコレ、この人の魂胆はわかってるのに……メチャクチャ卑怯な言い分だって。でも、うちの事情に祥子の家族まで巻き込むわけには）

静香はグッと息を呑む。

そのときだ。

ポケットに入れた院内スマートフォンが、ＶＩＰルームの静寂を壊すようにけたたましく鳴り始めた。

静香は呼吸を整え、「ちょっと、失礼します」と告げて背中を向ける。

画面には里奈の名前が浮かんでいた。

センター内で何かあったことは間違いない。

「綾川、どうした？」

『三十八週の戸川さん、陣痛が始まったとたん、容体が急変しました!! お腹が硬くなってきてます。先輩、これって』

ドクンと鼓動が大きく振れた。

板状硬《ばんじょうこう》と言われる症状で、胎盤が剝がれ、子宮内部で出血が始まった証拠だと言える。

「すぐにドクターを呼んで！ 緊急カイザーになると思うから、わたしも」

『ダメです！』

「⁉」

『来週予定カイザーだった妊婦さんが駆け込んできて、佐々倉先生が第一に。ほぼ同時に救急搬送があって、第二に入りました。オンコールの先生もそっちに……だから、ドクターもオペ室も空いてないんですっ!!』

里奈は泣くような声で叫ぶ。

外科の手術と違って、産科で行う帝王切開はスピード勝負だ。時間は長くて一時間、赤ちゃんを取り出すだけなら五分という早業である。センターには手術室がふたつあり、出産が重なっても、ここまで急を要することはなかった。

三秒ほど沈黙したあと、静香は思いきって口を開く。

「じゃあ、裏の付属に運んで！ すぐよ、急いで！」

スマホを口元から離し、理事長の顔を見た。

「官民協力、付属病院との連携がセンターの売り、でしたよね？　二ノ宮理事長」

この人にはもう、家族の愛情など期待しない。

だが、医師として最低ラインの矜持くらいは持ち合わせていると信じたい。

「三十八週、低置胎盤ですが通常分娩を予定していた妊婦さん、陣痛と同時に胎盤の剝離が起こったようです。センターのオペ室はふたつとも使用中で、一刻を争います。付属で引き受けてくださいますよね？　那智先生が、ずっと気にされていた妊婦さんなんです」

静香は可能な限り早口で説明する。

そして返ってきた言葉は、

「いいだろう。その代わり、あんたは離婚届にサインして、この病院から出て行く。それが条件だ」

「それとこれとは」

「別なわけがなかろう。これだけの医療体制を整えるには、金と政治は無視できん。そうやって作り上げたセンターだ。結婚もそのひとつにすぎん！」

「……」

静香は何も言えず、スマホを握りしめる。

『先輩？　先輩？』

里奈の声が聞こえてくるが、答える言葉がみつからない。

「どうした？　妊婦を救いたいんじゃないのか？　しょせん、母子の命より、自分の幸せを選ぶか？　人にばかり犠牲を強いる、この偽善者め！」

背中に冷たい汗が流れた。

理不尽なことを言われていたはずなのに、いつの間にか、静香自身が本物の偽善者のように感じ始める。

（わたしが、悪いの？　那智を幸せにしてあげたい。ふたりで光子先生の志を継いで、一緒に幸せになりたいって思ってきたのは、間違いなの？）

ただでさえ動揺していた。

結婚して十年近く経つのに、子どもがいないことは事実だ。子作りは解禁したばかり、とはいえ、すぐにできるという保証はどこにもない。

そして祥子夫婦のこともあった。

理事長は本気で、祥子夫婦まで解雇するつもりだろうか。不当解雇だが、それを証明するには彼の言うとおり『金も時間もかかる』。今回のことが原因で、夫婦仲まで壊すことにでもなれば、それこそ取り返しがつかない。

何より、戸川早苗に万一のことがあれば——。

混乱が混乱を呼び、静香の頭は通常の半分も働かなくなる。

（ダメだ、ダメだ、ダメだ。落ちつけ、落ちつけ、わたし。今、優先すべきことは、わた

しにできることは)

『先輩、どこにいるんですか？　早く戻ってください！　このまま、付属にストレッチャーで移動していいんですよね？　もし、受け入れ拒否なんてことになったら……』

「綾川……だいじょう、ぶっ」

この際、サインでもなんでもして、とりあえず早苗を助けよう。その先のことは、早苗と赤ちゃんが無事助かってから考えたらいい。

そう結論付けて、静香が口を開こうとしたときだった。

背後から伸びてきた手に院内スマートフォンを取り上げられる。

「那智です。大丈夫だよ、綾川さん。連絡は、オペ中の佐々倉先生から受けてます。付属二階の産科オペ室まで急いで、でも慌てずに来てください。水元さんも待ってるから」

藤臣だった。

白衣ではなく、なぜかスーツ姿だ。

だが、彼は最初からそこにいたかのように、落ちついた声で答えている。

「那智……どうして、わたしがここにいるって……っていうか、連絡くらい、毎日しなさいよ。心配、してたんだから」

十日ほど会えなかっただけなのに、彼の雰囲気がどこか変わった気がした。懐かしさとやるせなさに、胸に熱いものが込み上げてくる。

「悪い。事情はあとで説明するから、ほら、行くぞ」

いつもの笑顔で、そして優しい手が伸びてきて、腕を摑まれた。当たり前の温もりを感じ、静香の心は安堵でいっぱいになる。

そのまま手を引かれ、VIPルームから出ようとしたときだ。

「待たんか、藤臣！　付属の手術室を勝手に使うことなど、儂は許可しておらん！」

藤臣は足を止め、振り返りながら答えた。

「だから？」

「なっ、なんだ、その態度は!?」

「忘れたんですか？『儂の入院中、代理を務めるのは孫であるおまえの義務だ』と言って俺に責任を押しつけたこと」

そんなことを言って、産科医以外の仕事まで押しつけたのか、と思うといっそうムカついてくる。

「ですから、理事長代理の権限において、センターからの問い合わせに、妊婦の受け入れを許可しました」

「認めん！　認めんぞ。儂はすぐにも退院して」

「それはありがたい。でも、事務局は閉まってるんで、退院は早くて九時過ぎってとこだな。ああ、お役御免になるまでに手術は終わらせますので、ご心配なく」

理事長はさらに何か叫んでいる。

だが、藤臣はそれを軽く無視すると、摑んだ静香の腕を引っ張った。

「ちょ、何？」

唐突に抱き寄せられ、驚いて彼を見上げる。

「ああ、そうだ。これだけは言っておかないと——いいか、じいさん。二度と、あんたの我がままに静香を巻き込むな」

突如、言葉遣いが変わった。

藤臣らしくない険のある物言いに、静香は絶句する。

そんな静香の肩を強い力で抱きしめたまま、彼は言葉を続けた。

「誰かのせいで、親父や兄貴と暮らせなかったとは思ってない。でも、今、一番大事な家族を奪おうとしてるのは、あんただ」

「藤臣……」

さすがの理事長も、名前を呟いたきり黙り込んだ。以前、藤臣が理事長室で声を荒らげたときより、よほど驚いた顔をしている。

「年寄りの愚痴なら聞いてやる。多少の茶番なら相手してやってもいい。でも、静香を脅したり、離婚届を偽造したりするな。今度やったら、俺は自分の人生から、祖父の存在を切り捨てるぞ」

静かな怒りの波動を感じた。

怒りの沸点が低い静香に比べて、藤臣は高いほうだと思う。やたら怒鳴って威嚇する人と違い、相手を理路整然と言い負かす。そのため、何を言っても怒らない、感情的にならないと思われがちだ。でもそれは、怒っていないわけではない。周囲に気を遣い、我慢して、必死に自分を抑えている。だからこそ、彼が怒りを露わにしたときは、よほどのことと思ったほうがいい。

静香は彼を見上げたまま、肩に置かれた手にソッと自分の手を重ねた。

すると、彼はハッとした顔をしてこちらを向き……ふたりの視線が、互いを労わるようにみつめ合う。

彼は照れ笑いを浮かべたあと、言葉遣いを戻した。

「とにかく！　兄貴を連れ戻したんで、あとのことは話し合ってください」

「え？」

静香が驚いて見回すと、ドアの近くに達彦が立っていた。

丸三日近く、連絡が途絶えた理由がわかった。藤臣自身が動いて、達彦を迎えに行っていたからに違いない。

こうして見ると、達彦のイメージは最初に会ったときとだいぶ変わってしまった。

制服を着ていた彼は、とても背が高くて、威張っていて、近寄り難い青年だった。それ

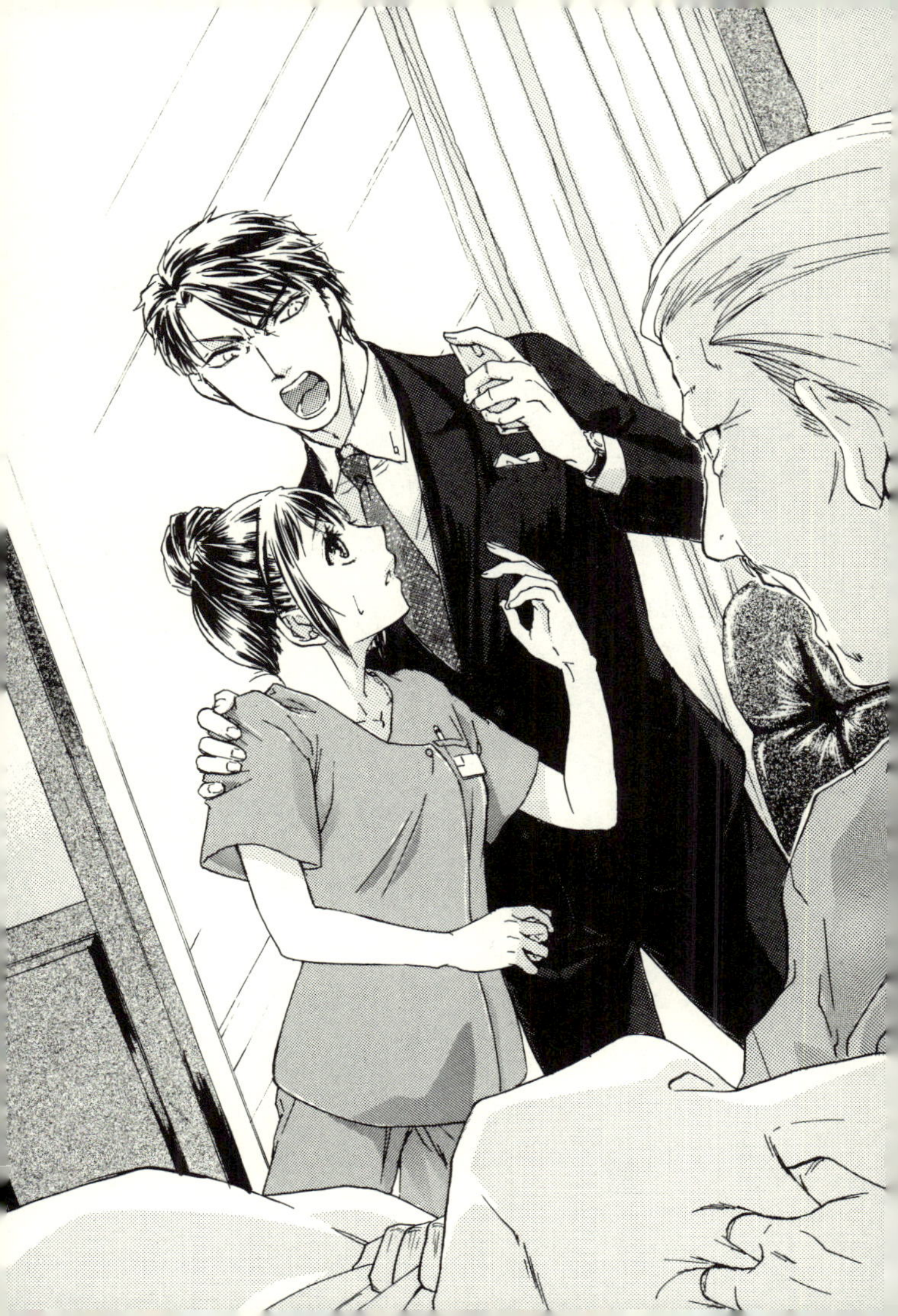

が今は、藤臣よりだいぶ小さく見える。加えて静香と目が合った瞬間、スッと視線を逸らされ、別の意味で近づきたくないと思った。

（あの、押しの強いお嬢様を弄んで捨てる男には……全然見えないんですけど）

この場で問い質したいが、今はそれどころではない。

達彦の横を無言ですり抜け、ふたりは廊下に出た。先ほどの薄暗さに比べて、明かりが煌々と灯っている。

「ふたりっきりにして、いいのかな？　心臓に悪いんじゃ」

殺しても死にそうにない理事長だが、だからといって、達彦と言い合いになり、万が一のことにでもなれば、後味が悪いだろう。

わずかに同情を覚えるが、藤臣の答えに優しい気持ちは霧消した。

「いいんだ。あれは仮病、いや、詐病だから。主治医とやらを締め上げて吐かせた。たまになら付き合ってやってもいいが、今はムリ」

（心臓が悪いって詐病!?　あのクソじじい！　わたしだったら、たまにでもムリ！　絶対にムリ!!　二度と心配なんてしてやるもんか!!）

下に降りてしまったエレベーターを待つのは時間の無駄だ。

ふたりが揃って階段に向かおうとしたとき、曲がり角から飛び出してきた人影が、藤臣に抱きついた。

「お願い、藤臣さん。あたくしを、いいえ、この子を助けて！　父親だって言ってくださるだけでいいの。それだけで、産科医の第一人者になれるのよ。あなただけの病院を建ててくださるよう、おじい様にもお願いするわ。だから」

押しの強いお嬢様、沙保里だった。

どうやら、藤臣が出てくるのを待ち構えていたようだ。

彼女はキッと静香を睨み、

「どうしても、とおっしゃるなら……愛人くらい、我慢します。あたくしにここまで言わせて、断るなんてしませんわよね？　だって、親子鑑定の結果なんて、お金を出せばどうとでもできるんですもの」

「俺の実子に偽造するって？　それをやったら、君は静香から訴えられるぞ」

「いやだわ。どうして、そんなこと」

苦笑する沙保里の目の前に、藤臣は一枚の紙を突きつける。

なぜこんなものを持っているのか不明だが、戸籍謄本の写しだった。そこには配偶者区分から婚姻日まで、正確に記載されている。

「理事長が何を言ったかは知らないが、俺の嫁さんは静香だけだ。新しい病院も大それた肩書もいらないんだよ。悪いが、ひとりの男としては、君の力にはなれない」

妊婦を乱暴に突き放すわけにはいかないのだろう。彼はゆっくりと沙保里から離れていく。

そして距離を取るなり、ふたりは非常階段に向かった。

「な、なんで、戸籍謄本なんて、持ってたの？」

階段を二段飛ばしで駆け下りる。

走りながらなので、息が上がるのは仕方がないだろう。

「じいさんが、悪だくみしてそうだったから？　とりあえず、離婚届不受理の手続きをしておいたんだ。写しは、役所に寄ったついで、みたいな？」

彼の思惑としては、夫婦関係の証明にいずれ必要になるかもしれない、といった程度のことだった。

だが、これぞ用意周到というべきだろう。

「……ごめんね」

「何が、ごめん？」

「ちょっとだけ、ホントーにちょっとだけ、那智が自分で、離婚届にサインしたのかも、って思った。ごめんなさい」

言わなくてもいいのかもしれないが、黙っていられないのが静香の性分だ。

すると、藤臣からダメ出しが返ってきた。

「もうひとつ、あるだろう？」

「え？　まだあった？」

「戸川さんのために、とりあえず、離婚届にサインしておこう、って思わなかったか？」

二階までたどり着いた瞬間、

「はい、思いました！」

静香はやけくそ気味に答える。

藤臣はドアのノブを回しながら、ニヤリと笑った。

「いい返事だ。帰ったらおしおきだから」

「は？」

「お楽しみはここまで——切り替えて行くぞ、水元さん！」

「はい、那智先生！」

ドアを開けると、真っ直ぐな広めの廊下が目に飛び込んできて、ふたりは全力で駆け出した。

第六章　すぐそばにある奇跡

「那智先生！　みっ、水元先輩!!」

里奈は少しホッとした声で藤臣の名を呼んだ。

その直後、静香の顔を見るなり、感極まった声を上げる。

「もう、いったい、どこにいたんですか!?　詰所にも、仮眠室にもいないし……センターのどこにもいなくて、あたし……」

「上の呼び出しで、付属にいたんだ。ごめんね、不安だったよね」

静香は里奈の肩を撫でながら言う。

「不安でしたぁ。ドクターは、皆さん手が離せなくて、ここまでも、あたしひとりで」

それがわかっていたから、手術中にもかかわらず、佐々倉は藤臣に連絡を入れてくれたのだろう。

消毒を済ませ、看護師に手伝ってもらいながら手術着に着替えた藤臣も、大げさなくらいに里奈をねぎらった。

「よしよし、よく頑張ったな、綾川さん。じゃあ、戸川さんのバイタル教えて」

「あ、はい！　血圧112／68、呼吸数97……それから、えっと、えーっと」

「戸川早苗さん、三十四歳、初産婦《プリミ》。三十八、じゃなくて今日から三十九週。赤ちゃんは二週間前で推定二千グラムオーバー。低置胎盤の診断が出てましたが、自然分娩を希望されて管理入院中。お母さんにアレルギー、既往歴なし！」

里奈の言葉を受け、静香は忙しく動き回るスタッフ全員に聞こえるような声でつけ加える。

直後、手術室から声が上がった。

「那智先生、お願いします、早く来てください‼」

「わかった！」

そう答えるなり、藤臣は静香の顔を直視する。

「水元も着替えて立ち会ってくれ」

「え？　でも、ここは付属だし……。それに、助産師のわたしがカイザーに立ち会っても」

そもそも静香は、分娩室の担当になることが多い。

当然、帝王切開に立ち会う回数は少なく、そんな彼女が中に入っても、藤臣の役に立てるとは思えない。

早苗のことは気になるが……。

だからこそ、付属病院のオペスタッフの邪魔をしたくはない。

だが、藤臣はそう思わなかったようだ。

「説明はあとでする」

それは有無を言わさぬ命令だった。


手術室の空気は、どこの病院も似ている。

付属病院とセンターの場合はとくにそうだ。機材の新旧があるくらいで、よその病院に来ているという感じはしない。手術着をはじめとした、統一されたブルーグリーンの色合いが同じせいかもしれない。

だがすぐに、静香の中に違和感が芽生えた。

それは機材の差ではなく〝人〟だった。

すでに何人かの医師と看護師は揃っている。しかし、圧倒的に少なく感じる。

同じ手術着なので見分けがつきにくいが、年配のスタッフがひとりも見当たらないのも不思議だ。

（この人数でいけるの？　っていうか、付属の産科ってホントーに若いんだ。いや、オペスタッフが若いのかも……それとも、今日の夜勤が二十代に集中した、とか？）

早苗にエコーをしている医師も、ずいぶんと若い女性だ。

女性医師の目にはあきらかな動揺が浮かんでおり、そのせいか、他のスタッフもやけにアタフタしている。

大学の付属病院ともなれば、深夜の緊急手術も少なくない。若手スタッフも完璧なマニュアルを叩き込まれているはずなのに――。

と思えば思うだけ、ここにいるスタッフからはそれが感じられない。

「血種が、よくわかりません。剝離している箇所も……すみません」

エコーを動かす手が小刻みに震えている。

当然、声も頼りなく聞こえた。

そんな彼女の手からエコーを受け取りつつ、

「ほら、ここ、胎盤の厚くなってる箇所がある。でも、思ったほどお腹は硬くなってないから、部分剝離かもしれない。あー、待って、赤ちゃんの心音が落ちたまま戻ってこないね。こういうときは早めに取り出さないと。で、僕の助手は落合《おちあい》さんひとり？　鵜飼《うかい》先生は来られないって？」

藤臣は早苗の腹部を触診しながら、いつものペースで話しかけている。

「き、緊急搬送に、備えていらっしゃるとかで……那智先生なら、研修医の私が前立ちでも大丈夫だろうって」

女性医師の落合はうつむいたまま、やけにおどおどした様子だ。

この対応を見る限り、大学を卒業したばかりの前期研修医《スーパーローテート》という可能性が高い。

医師免許を取得したあとの二年間、ほぼ二ヵ月ごとにいろんな科を回るのでそんなふうに呼ばれている。たくさんの経験を積み、何科の専門医となるか決める期間なので、医師といっても、卵から孵ったばかりのひよこレベルだ。それも一年目のこの時期となると、まだまだお尻に殻がくっついている状態と言える。

とはいえ、執刀医を務める藤臣も六年目。

いくら深夜とはいえ、かなりのムチャぶりではないだろうか？

（あの理事長が手を回したってこと？　病人のくせに、なんて素早い……ああ、違った。嘘つきの詐病なんだ）

時間があればＶＩＰルームに駆け戻り、殴りつけてやりたい。

だが、苛立つ静香とは反対に、藤臣はなんでもないことのように笑った。

「了解。助手は君で問題ないよ」

エコーの画面を見ながら、今度は早苗に声をかける。

「戸川さん、よく頑張りましたね。でも、胎盤が剝がれてきてるので、下から産むのは諦めましょう。このまま緊急帝王切開になります。赤ちゃんが苦しい状態なので、全身麻酔ですぐに取り出しますね」

「は……い」

苦悶の表情で、早苗はどうにか口を開いた。

そんな彼女を目にして、静香は早苗の頭近くに駆け寄る。

「戸川さん、あと少しだよ。目が覚めたときには赤ちゃんに会えるからね。もう少しだけ頑張ろうね！」

早苗の手を握り、一生懸命に励ました。

すると早苗も、静香の手にしがみつくような強さで握り返してきたのだ。

「ごめん、なさい。最初から、こうしておけば……よかった」

見る間に涙が浮かび、こめかみを伝って流れ落ちていく。

居た堪れない気持ちになり、静香もいっそう強く握りしめた。

「そんなことない。そんなことないからね。大丈夫だよ。安心して赤ちゃん、産もうね。もうちょっとだけ頑張って、戸川さん！」

声をかけている間にも、早苗に麻酔がかけられ――。

通常、帝王切開は局所麻酔で行われる。

妊婦も意識があり、

『お腹に手を入れるので、ちょっと気持ち悪くなりますよ』

『はい、大丈夫です』

といった会話が交わされることも多い。

手術室内も非常に和やかで、『赤ちゃん生まれまーす』と執刀医が口にした直後、産声が響き渡り、『おめでとうございます!!』の声が続くところは、自然分娩のときとなんら変わりないのだ。

しかし、胎盤の剝離が疑われるこの状態では、そうはいかない。

帝王切開時、メスは横向きに入れる。後々、目立たないように、という配慮もあるという。

だが、今回のように、一刻も早く赤ちゃんを取り出さなくてはならないときは別だ。傷痕のことより、赤ちゃんの命を救うため、藤臣は躊躇なく縦にメスを入れた。

（大丈夫！　那智ならきっと、五分、ううん、四分以内で取り出す！　絶対！）

期待というより祈りに近い。

息苦しいまで静寂が続き、そのすぐあとのことだった。

「新生児科のドクターはまだ？」

藤臣の問いかけに誰も答えない。

すると、

「クソッ！　もう生まれるってのに、なんで来ないんだ!?」

藤臣の口から歯ぎしりとともに苦渋の声が聞こえ、静香はビックリした。

「す、すみません！」

謝ったのは看護師だった。

彼女は内線電話の子機を手にしている。どうやら、新生児科への連絡を任され、板挟みの状況で今に至っているらしい。

彼女は傍目にも真っ青になりながら、

「緊急搬送に備えて、待機するように、と。命令が、あったとか」

しだいに小さくなる声に、静香は我慢できなくなった。

（センターの妊婦を強引に連れ込んだから？　でも、人の命がかかってるのよ!!）

大股で手術室を横切り、看護師から子機を奪い取る。

「借りるわよ」

「え？　あ、あの」

静香はひと呼吸入れたあと、

「よーく聞きなさい!!　あなたは小さな命を救うために、新生児科医になったんじゃないの!?　それを、上の命令？　そんなもののために、赤ちゃん見捨てる気？　ゴチャゴチャ言ってないで、さっさと来なさい!!」

腹の底から怒鳴って、ホーッと息を吐く。

「返すわ。ありがと」

「い、いいえ、どういたしまして」

手術室内にいる全員が、言い様のない緊張感で固まったままだ。

そのとき、フッフッフッという忍び笑いが聞こえてきた。笑ったのは、術野に視線を向けたままの藤臣だった。

そして彼は、信じ難い言葉を口にする。

「さっすが、ボス猿健在だな、〝しーちゃん〟」

「那智っ！」

〝しーちゃん〟呼びに、静香は人目も忘れて怒鳴ってしまう。

「あ、あんたねぇ。人の名前を、名前を、なんていうか、その呼び方って」

「ああ、気になるのはそっちか？　なるほど、ボス猿は否定しないんだ」

「⁉」

そんなふたりのやり取りに、限界まで張り詰めていた空気が、一気に解けていくのを感じる。

静香は咳払いすると、

「那智……先生。新生児科のドクター、センターから調達してきましょうか？」

センターまで行けば、手を貸してくれる新生児科医のひとりくらいみつかるはずだ。

ただ、正規のルートを通さず協力要請をすることは規則に反する。人命優先とはいえ、要請に応じることも違反にあたるだろう。

それでも、応じてくれる医師がいると信じたい。

だが、その提案を藤臣は却下した。

「いや、いい」

「でも」

「もう遅いんだって。赤ちゃん生まれるよ」

「ええっ!?」

開腹から三分強――。

それは、何度でも経験したい喜び、誕生の瞬間だった。

しかし、いつもなら聞こえてくる赤ちゃんの産声が響かない。

手術室は一転して、緊張に包まれた。

静香も息を止めて、そのときを待つが――。

「落合さん、臍帯切って。水元、赤ちゃんを頼む」

藤臣はいつもどおりの声色で指示を口にする。

いや、努めて〝いつもどおり〟の声を出しているのだろう。

だが、静香のほうは〝いつもどおり〟には応えられそうにない。

「水元!!」

何秒間、息を止めていたのだろう。

強い口調で名前を呼ばれ、ハッとして顔を上げた。

「戸川さんの赤ちゃん、おまえに任せる」

「わかった。那智は、戸川さんを……赤ちゃんのお母さんをお願い！」

「了解」

藤臣から赤ちゃんを受け取り、すぐさま、新生児用の診察台《インファントウォーマー》に寝かせた。スイッチひとつで羊水に濡れた赤ちゃんの身体を乾かし、ベストな状態に保温してくれる。いざというときには吸引装置や酸素ブレンダーもついているという優れものだ。

三十九週は正期産なので、赤ちゃんも充分に育っている。

肌色もそんなに悪くはなく、産声さえ上げてくれたら、きっと乗り切れる。

静香は赤ちゃんの身体を横向きにし、下から上へと必死で背中をさすった。

「頑張れ、頑張れ、頑張れ、頑張れ」

その言葉だけをひたすら繰り返す。

鼻から羊水を吸い出し、呼吸の補助をする。

こういったケースは少なくないはずなのに、ここに新生児科医がいないというだけで、足元から恐怖が這い上がってくる。

そのとき、藤臣の鋭い声が飛んだ。

「落合！　目の前の患者に集中！」

「は、はい、すみません。でも、赤ちゃんが……ドクターを呼んできたほうが」

落合医師も、赤ん坊の産声が上がらないことに気を取られてしまっている。

オペスタッフ全員の意識が静香の背中に突き刺さる気がして、よけいに手元が震えそうになった。

「大丈夫！　新生児科には連絡してあるんだ。必ず、誰か来てくれる。それまでは、助産師の彼女が繋いでくれる。だからこそ、僕らも頑張らないと。赤ちゃんのためにも、お母さんは絶対に死なせない！」

その言葉に、出会った直後の藤臣のことを思い出した。

『なんで、オレの母ちゃんは助けてくれなかったんだ⁉』

同じセリフを早苗の赤ちゃんから聞きたくない。今の彼は、その一心に違いない。

直後、静香に向けた指示が聞こえた。

「水元、あと一分待って自発呼吸がなければ、気管挿管して三階のＮＩＣＵに急げ！」

気管挿管――医師の指示があれば、助産師でも行える。新生児蘇生法講習会でも何度となく練習したが、本当にやる日が来るとは思わなかった。

（これまでは専門の先生がいたからね。でも、光子先生の病院に新生児科医はいないし、ＮＩＣＵもない。近い将来、個人病院の助産師になるんだから、腹をくくらなきゃ）

助産師になったときから覚悟はしていたが、いざとなると静香の呼吸が止まりそうだ。

「頑張れ！　お母さんが待ってるんだから、お願い、お願いだから、頑張って！」

静香にとって、長くて短い一分が過ぎた。

迷っている時間はない。器具に手を伸ばした、そのとき――。


ん、ぎゃ……おんぎゃ、おんぎゃあ!!


最初は、聞こえるか聞こえないか、くらいの小さな産声だった。それが、少しずつボリュームが上がっていく。

「泣いたぁ」

安堵のあまり、膝に力が入らない。そのまま、床に座り込んでしまいそうだ。

そんな静香の背後から、思いがけない声が聞こえてきた。

「早いなぁ、もう生まれたのか？」

「長浜先生!?　なんで、ここに？　えっと、ここって付属でしたよね？」

センターの新生児科医、長浜新太郎だった。

どうして彼がここにいるのか、静香にはさっぱりわからない。

(那智が呼んだ、とか？　いやいや違うか。だって、さっきはマジで焦ってたし)

首を傾げる静香を見て、長浜は逆に不思議な顔をする。

「何言ってんの？　ゴチャゴチャ言ってないで、さっさと来なさい——って怒鳴ったのは静香ちゃんじゃない」

「え、ええっ⁉」

あの電話は付属病院のNICUと繋がっていたはずだ。オペナースがセンターのNICUに間違えてかけるわけがない。

すると思ったとおり、

「付属に移したばかりのベビーがいてね。休憩の合間に、様子見に来てたんだけど」

どうやら、電話に出ていた医師が、うっかりスピーカーにしてしまったらしい。

長浜は静香の怒声にビックリしつつも、手術室の場所だけ聞いて駆けつけてくれたのだという。

「僕が代わるよ」

そう言うと、大きな身体を丸めるようにして赤ちゃんの診察を始める。

「あ、でも、長浜先生の立場が悪くならないですか？」

長浜の行動は、涙が出るほどありがたい。

だが彼は、諸々の事情は何も知らないはずだ。これ以上、赤の他人を巻き込んでいいものか、祥子のことを思い出して、静香は躊躇する。

しかし、

「ああ、立場ね。大学病院のドクターは大変だよねぇ。でも、僕は一介の新生児科医だから」

屈託なく笑う長浜を見て、静香は本当に泣きそうになった。

軟派なところはあるが、彼も素晴らしい医師だと思う。

(綾川に、いいドクターもいるよって言ってあげたい。もちろん那智が一番だけど。でも那智だけは、誰にもあげられないから)

藤臣のことを考えた瞬間、背後で麻酔科医の声が上がった。

「出血、一〇〇〇超えました!」

静香はドキッとして振り返る。

「了解。じゃあ、MAP・FFPの準備しておいて」

藤臣の指示で輸血の準備が始まった。

産科は〝ブラッディビジネス〟と呼ばれるほど出血が多い。一リットルは少なくない量だが、これくらいで慌てる産科医はいないだろう。

そのとき、彼が静香の名前を呼んだ。

「水元、赤ちゃんは長浜先生に任せて、綾川さんのフォローを頼む。そろそろ、ご家族が来てるころだから」

一瞬たりとも術野から目を離さず、外のことまで気を遣えるのだから、すごいと思う。

励ましたいけれど、この場にふさわしい言葉がみつからない。

静香はグッと息を呑んだあと、

「はい！」

万感の思いを込めて、返事をしたのだった。

☆　☆　☆

窓ガラス越し、東の空が白々と明けていく。

チュンチュンと可愛らしい鳥の鳴き声が、耳に心地よく響き……と思ったとき、カァーカァーという大きな鳴き声にとって代わった。

付属病院二階、産科手術室前のベンチに腰かけ、静香はボーッとする。

単に忙しいというより、怒濤のような一夜だった。疲労感と爽快感がごちゃ混ぜで、動きを止めた瞬間、睡魔に襲われそうだ。

（あー疲れた。眠い。でも、戸川さん、母子ともに無事でホントーによかった）

感想はそれに尽きる。

ほんの数時間前、この場所は早苗の家族でいっぱいだった。

『赤ちゃんはどうなりました？　娘は？　ふたりとも助かりますよね？』

家族の対応で一番困るのが、こういったときに浴びせられる質問の返事だ。

迂闊に〝大丈夫〟の単語は口にできず、かといって〝危険な状態〟とも言えない。

『おめでとうございます。赤ちゃん、頑張りましたよ。今は新生児科のドクターに診てもらっています。お母さんも、とっても頑張ってますから』

NGワードが多く、助産師の静香にはそれだけしか言えなかった。

妊娠中、早苗はずっと、次は男の子を産まなければならないと悩んでいた。両親と夫の板挟みで、つらかったことと思う。

でも今は、

『母子ともに無事なら、それ以上は望みません。子どもはひとりでも充分です。どうか、どうか、ふたりを救ってやってください』

この拝むような言葉を、早苗に聞かせてあげたい。

その数分後、藤臣が手術室から出てきた。

『戸川早苗さん、ちょっと出血が多くなりましたが、もう大丈夫ですよ。お子さんも問題なさそうです』

患者の身内にとって、こういうときの医師には後光が差して見えることだろう。

菩薩さながらの藤臣の笑顔を思い出し、静香はついつい目を閉じてしまった。

（ダメ、ダメ、まだ仕事中。起きろ、起きるんだ、わたし！）

眠りに落ちてしまう寸前、気合いを入れるため、ハアアァァとお腹の底から息を吐いた。

続けて息を吸い込もうとしたとき、冷たいものが頬にピタッと押し当てられる。

「ひゃう！」

ビックリして眠気が吹っ飛んだ。

大きく開いた静香の眼前に、缶入りのカフェオレが差し出される。

「疲れてんのはわかるけどさ、付属の廊下で大口開けて寝るなよ」

たぶん、静香以上に疲れているはずの藤臣だった。

「ねっ、寝てないよ！　大口だって、開けてないし」

「言いきる自信ある？」

「……ない、けど」

静香はうつむきながら答える。

するると、藤臣は彼女の隣にドサッと腰を下ろし、笑いながら続けた。

「ウソウソ、大口は開けてなかった。ま、イビキは掻いてたけど」

「え？　嘘でしょ!?」

「まあまあ、とにかく飲めよ。思いっきり甘いの選んでおいたから。脳ミソ蕩けそうなほど甘～いヤツ。今のおまえには必要だろ？」

言い返したら、またからかわれそうだ。

静香は黙ったままプルトップを開け、コクンとひと口飲む。ミルクたっぷり、糖分もたっぷりの冷たいカフェオレが喉を潤していく。

ひと口のつもりが、ゴクゴクと三分の一くらい一気に飲んだ。

「冷たぁい！　美味しーい!!　あー、早く家に帰って、シャワーじゃなくて、お湯を張ったバスタブに浸かりたいよぉ」

緊張感が完全になくなり、家にいるときのような、甘えた声を出してしまう。

そんな静香に引きずられたのか、藤臣も旦那様モードだ。

「いいねぇ。ぬるま湯に一時間くらい、ふやけるほど浸かりたいよ」

「そのままベッドに直行して、目覚ましかけずに眠りこけたい」

「ベッドに直行かぁ。それができたら最高だな」

「でしょ？」

静香がニコニコしながら答えると、実にさりげなく、藤臣がもたれかかってきた。

彼は肩口にトンと頭を置く。

「オンコールも気にせず、腰が立たなくなるまで抱き潰してやりたい」

「な、那智、声が……というか、顔もエロいよ」

熱を孕んだまなざしを向けられ、とたんに静香の呼吸も速くなる。

「ん、ダメだ。なんか、気分もエロい。おまえのこと、メチャクチャ抱きたくて、おかしくなりそうだ」

カフェオレより甘い声でささやくなんて、反則ではないだろうか。

(仕事中だし、っていうより……ここ、付属だし。ん？　付属だから、バレてもかまわなかったりして)

藤臣の唇がしだいに近づいてくる。

それはまるで磁力を帯びたような魅力があり、静香は抗えないまま、ふたたび目を閉じそうになった——。

直後、すぐ近くでコホンという咳払いが聞こえた。

ふたりはとっさに、磁石がひっくり返ったような勢いで離れる。

「邪魔して悪い。でも、見通しのいい廊下で、それ以上はマズい気がして」

気まずそうな顔で立っていたのは、藤臣の兄、達彦だった。

「迷惑をかけて、申し訳なかった」

場所を移動すべきか、静香は席を外したほうがいいのではないか、といったやり取りをしたあと、ベンチに座ったふたりの前に立つと、達彦は深々と頭を下げた。

様々な事情を、静香にも聞いてほしいと言われ……。

とりあえず、夫婦とはいえ、ぴったりくっついたままというのは、この状況にふさわしくないだろう。静香は腰をずらして、藤臣とは十センチほど距離を取った。

そして、達彦はおもむろに語り始めたのである。

「医者になることに不満はなかった。でも、僕に産科医は無理なんだ。もう、限界だった」

藤臣が生まれたとき、達彦は五歳だった。

看護師の恵は産休に入る直前、仕事中に倒れた。妊娠三十週、常位胎盤早期剝離を起こしていた。だが、不幸中の幸いで、両親が勤めていたのは産婦人科の個人病院。産科医の夫もすぐ近くにいて、病院の院長先生とともに緊急帝王切開を行った。しかし、出血が止まらず、恵は何度も心停止を起こした結果、帰らぬ人となったのである。

一方、藤臣は一五〇〇グラムに数グラム足りない極低出生体重児として誕生。そして、アプガースコアは一分後三点――重症新生児仮死と診断され、救急車でＮＩＣＵのある病院に緊急搬送された。

アプガースコアとは、生まれてすぐの状態で判定する赤ちゃんの元気度だ。一分後、五分後、十分後に判定し、それぞれ満点は十点。三点以下が重症、四点から六点が軽症、それ以上なら仮死ではないということになる。

早産で低体重、プラス重度の仮死状態。これを聞いた理事長が、藤臣の後遺症を危惧するのは、産科医なら普通のことかもしれない。

ちなみに早苗の赤ちゃんの場合、五分後には九点と判定された。

単純に比べられるものではないが、藤臣がなんの後遺症もなく育ったのは奇跡に近い。

静香は、藤臣がそこまで深刻な状態だったとは知らず、あらためて、赤ちゃんの持つパワーに感動すら覚えてしまう。

だが、それらを目の当たりにした達彦にとって、出産は恐怖の代名詞となった。

搬送用の保育器に入れられ、運ばれていく小さな人形のような弟。父と母に会いたくて手術室に近づいたとき、真っ赤に染まった母の身体と手術台、その下の血溜まりまで見てしまった。

「手術室にいることは、僕にとって拷問に等しい。医師免許を取るまでは必死で耐えた。でもこれ以上は……」

達彦は何度となく、内科や小児科への転籍を希望したという。

だがそのたび、理事長に却下された。

『馬鹿を言うな！　二ノ宮家は産科の権威と呼ばれておる。おまえを育ててやったのは、その名誉を守るためだ。儂の顔に泥を塗るためではないぞ！』

理事長からいかに厳しい注文をつけられても、彼に逆らうことなどできない。

なぜなら、その生活を選んだのは彼自身だった。

「母さんの死で、すべてが変わった。父さんは医者を辞めて、日雇いで働くようになり……酒が手放せなくなった。食べるものにも困り、僕は学校にも行かせてもらえなくて、アパートも追い出される寸前だった」

藤臣が乳児院にいる間、達彦たちはそんなにまで追い詰められていたのだ。

ついには、父親とまで離れて暮らさなくてはならなくなり、やり場のない悲しみを抱えて施設に入った達彦の前に、藤臣は喜びをいっぱいにして現れた。

(だって、施設とはいえ、初めて家族と暮らせることになったんだもの。五歳の子にとっては嬉しいよ。でも、十歳のお兄ちゃんにとっては？)

「なんで、笑ってるんだろうと思ったら、泣かせてやりたくて……酷いことを言った。今さら、謝っても遅いのはわかってるけど、申し訳なかった」

――コイツは母親を殺して生まれてきたんだ。コイツに触られたらみんなも死ぬぞ。

静香は以前、そのことを言いふらしたのが達彦だと知ったとき、たったひとりの弟を苛めるなんて最低だ、と思った。

でも今は、自分が十歳のころを思うと、責める気にはなれない。

藤臣は知っていたのだろうか？

気になって横を見るが、彼の横顔からは何も読み取れなかった。

達彦は下げていた頭をゆっくりと上げながら、言葉を続ける。

「そんなとき、理事長が会いに来たんだ。引き取るのは僕ひとり、病気の父はもちろん、弟とも、母方の親戚とも縁を切るのが条件と言われて……。僕は、普通の生活に戻りたかった」

二ノ宮邸で暮らすようになり、達彦の生活は一変した。

想像以上に豊かな生活が送れて、しばらくは単純に喜んでいた。しかし、すぐに後ろめたさに変わっていったという。

その一番の原因は、理事長だった。

『父親の見舞いなど行かなくていい。おまえの父はこの儂だ！』

『弟がどこで暮らしているか知りたいだと？　知ってどうする。いいか、おまえは弟を捨てたんだ。憎い兄となど、会いたいわけがなかろう！』

惨めな施設暮らしも、ひもじい生活もしたくなかった。望んだのは普通の生活とはいえ、家族を捨てたのも事実。どれほどつらくても、後悔しても、達彦に戻る場所などない、と。

悲壮な覚悟で暮らす達彦の前に、突然、藤臣が現れたのだ。

それも、仲のよさそうな女の子と一緒に。

十二歳になった弟は、惨めさなど微塵も感じさせず、満面に笑みを浮かべて、達彦を『兄さん』と呼んだ。

突き放す以外、彼に何ができただろう。

だが今度こそ、達彦を憎むようになったはずだ。この次会ったときは、笑顔ではなく、冷ややかな目を向けるに違いない。いつか憎しみをぶつけに来るであろう藤臣の存在に怯えながら、達彦は能力以上の努力を続けた。ギリギリのところで踏ん張りながら、どうにか産科医としてのキャリアを積んできたのである。

それから十六年が過ぎた。

もう、会うことはないのかもしれない。

そう思い始めた矢先、今度は産科医となった藤臣が登場した。

「驚いた。あんなに小さかったのが、見上げるくらい大きくなってて、二ノ宮との関係を知らないセンター長にスカウトされるくらい優秀なドクターで、しかも、結婚までしていた」

達彦は『結婚』という単語を、大げさなくらい力を籠めて言う。

「え？　でも採用されたときなら、もう二十七でしたよ」

結婚の平均年齢からいえば、二十七歳でもたしかに早い。結婚した年齢を聞けば、たいがいの人はビックリする。

だが達彦は、ふたりが結婚した年齢を聞いて驚いたわけではないようだ。

そして、その答えは隣から聞こえてきた。

「あー、なんとなく、わかる。兄貴もさ、怖いんじゃないの？　恋愛とか、結婚とか、その先にあるセックスや妊娠も」

「あ……」

精神的にタフに見える藤臣ですら、静香の妊娠に〝恐怖〟を感じた過去がある。

達彦が性格も父親に似ていて繊細なら、母親の死がトラウマとなって、恋愛やセックスを避けてきた可能性は大だ。

だが、そうなると、ひとつの疑問が浮かんでくる。

「えーっと、じゃあ、西さんはどうなるんですか？　彼女のお腹の子どもは？」

「那智……先生には、話したんだが……僕が、西さんに触れたことは一度もない。というより、怖いんだ。だから、誰とも、そういったことは」

説明する義務があるとはいえ、成人した男性がそんな下半身の事情を話すのは気まずいものだろう。

達彦の声はしだいに小さくなっていく。

(でも、ナースさんと駆け落ちしたんじゃ？　その人とも？　いや、聞けないけど)

結納も済ませ、内々に婚約成立していたとはいえ、達彦と沙保里の関係は政略結婚以外のなんでもなかったという。キスすらしてなかったというのだから、疑うべくもない。

どうりで、沙保里に達彦の話をしたとき、『二度と会うつもりはありません』などと答えたはずだ。

しかし、あのタイミングで達彦が駆け落ちしていなかったら、彼女はどうするつもりだったのだろう？

とにかく、沙保里の子が二ノ宮の血筋ではないとわかり、理事長の態度は一変した。深夜にもかかわらず、急遽、彼女の祖父である元大臣とやらと連絡を取った。結果、結納の事実はなかったことになり、婚約も白紙に戻ったという。

(でも、赤ちゃんは？　なかったことになんて、しない、よね？)

静香はそのことが気になり、達彦に尋ねようとするが——。

そのとき病院内に、キュッキュッ、という小さな音が広がった。音はしだいに大きくなり、静香たちに近づいてくる。

それは思ったとおり、リノリウムの床を進む車椅子のタイヤの音。

そして、シートに座っているのは二ノ宮理事長だった。

「まったく、ろくでもない娘だったな。家柄で選んでも、貞操は期待できんということか。だが、そのおかげで、おまえたちの不始末もなくなった。ありがたく思え」

病気でもないくせに、車椅子の上でふんぞり返っている。

何より、今回、最悪の不始末をしでかしたのは理事長本人ではないだろうか。さらには、言いがかりで静香を脅しながら、どの口で『ありがたく思え』と言うのだろう?

再燃した怒りに眩暈を感じたとき、藤臣が立ち上がった。

「わかったわかった。じいさんもいい加減反省して、兄貴と仲よくやれよ」

「馬鹿をぬかすな！　手術もできん産科医など、なんの役にも立たん！　おまえが、儂の後を継ぐんだ。逆らうなら、クビにするぞ！　おまえも、おまえも、おまえもだ！」

理事長は車椅子を蹴り倒す勢いで立ち上がると、この場にいる全員を指差しながら喚き散らす。

気がつけば、静香も立ち上がっていた。

藤臣はそんな彼女の手をしっかりと握りしめ、穏やかな表情で口を開く。

「俺は、那智産婦人科を継ぐために医者になった。死ぬまで、ばあちゃんの病院を守っていく。静香……嫁さんと一緒に――ごめんな、じいさん」

理事長は唇をワナワナと震わせたあと、糸の切れたマリオネットのように、ふたたび車椅子に座り込んだ。

「藤臣、おまえは父親の墓の場所が知りたいんじゃないのか？　母親と同じ墓に入れてやりたい、そう言っておったな」

理事長は最後のカードを切ったらしい。

藤臣にもそれは伝わったようで、飄々としていた彼の横顔に、初めて悔しそうな感情が浮かんだ。

「これで、その願いは一生叶わん。儂しか知らんことだからな」

静香はようやく合点がいった。

藤臣はもうずいぶんと長い間、母親の眠る霊園を外から眺め続けている。

『最初に、ばあちゃんに連れて行ってもらったとき、お袋と約束したんだ。今度は、親父と兄貴を連れてくるからって』

その約束を守りたくて、彼は理事長に父親の眠る場所を尋ねたのだろう。

理事長はきっと、藤臣の鼻先にニンジンをぶら下げ、思いどおりに走らせようとしたのだ。

あまりにも卑怯で、耳鳴りがするほどの怒りを覚える。それでも、何も言わない藤臣に代わって、静香のほうが怒鳴りつけようとして……。

だが、そんな彼女より早く、達彦が声を上げた。

「父の墓なら僕が知ってる」

「達彦!?　よけいなことを言うんじゃないぞ！　いいか、育ててもらった恩を忘れて、儂を裏切るなら、おまえもただじゃ済まさんからな！」

　理事長はすぐさま抗議するが、それはもう、使い古された脅迫の手段だった。

　達彦は、ほとほと疲れた笑みを浮かべる。

「僕を脅すことで彼を言いなりにしようとしても、無駄ですよ。どんな条件を出しても、彼が家族を見捨てることはない」

　そう言いながら上着の内ポケットから手帳を取り出し、サラサラと書いたあと、ページを破って藤臣に差し出した。

「二年前は、とうとう復讐しにやって来た、と思った。でも、二年も見ていればわかる。君は、立派なドクターだ。父さんも母さんも、きっと喜んでる。――那智先生、どうか、ふたりをもう一度家族に戻してやってほしい。お願いします」

　藤臣はその紙を受け取るなり、ギュッと握り潰した。

　そして、そのまま、達彦の上着のポケットに捻じ込む。

「え？　那智、何してるの!?」

　予想外の行動に、静香のほうがビックリする。

「何って。兄貴も一緒に行って、一緒に移せばいいことだろう？　違うか？」

　当然のように答える藤臣を見て、達彦は力なく首を振った。

「僕は、不肖の息子だ。とくに、母さんには合わせる顔がない」

悲愴感漂う達彦の返事に、静香の中にあるスイッチが切り替わった。

人生は間違ったり、迷ったりすることもある。ときには、道を踏み外すこともあるだろう。だが、それが頑張った結果なら、自分だけは自分を許してやるべきだ。反省はしても、後悔ばかりでは、ふたたび立ち上がって歩き出すことができない。

達彦に纏わりつく鬱陶しい空気を吹き飛ばしたくて、静香は思いきり明るい声を出す。

「やだ、もう、お義兄さんったら。全然、大丈夫ですよ。だって、馬鹿な子ほど可愛いって言うじゃないですか！」

励ますつもりで達彦の背中をバンと叩き、次の瞬間、青くなった。

（あ、あれ？　やり過ぎちゃった？　しかも、馬鹿な子って言っちゃった！）

すると、早朝の病院にもかかわらず、藤臣がお腹を抱えて笑い始めたのだ。

「ちょっ、ちょっと、那智」

「俺の奥さん、最高だろ？　ところで、いい加減、弟の名前くらい思い出してくれよ」

達彦はわざと距離を取るべく、『那智先生』と呼び続けたのだろう。

だが、冗談半分で藤臣から指摘され、彼は降参したように両手を上げた。

「藤臣だったかな？　今、思い出したよ。父さんが、おまえまで失いたくないって名づけたんだ。〝藤〟は〝不死〟に繋がるからって」

それを聞いた瞬間、藤臣は歯を食いしばるようにして笑った。

「へえ……初めて、聞いた。俺の名前って、親父がつけてくれたんだ」

その声はこれ以上ないくらい嬉しそうで、涙を堪える藤臣の姿に胸がジンとする。

静香は窓の外に視線を移しながら、必死で目元を拭った。


理事長は文句を言いながらも、達彦に車椅子を押してもらっている。

心臓に問題があるというのは詐病だが、足腰が弱っていて、車椅子の移動が楽なのは事実らしい。

そんなふたりの後ろ姿を見ながら、静香は思いついたことを口にした。

「迷惑極まりない人だけど、アレはアレで愛情表現なのかもね」

産婦人科から離れたいという達彦が後継者でいられるように、充分な後ろ盾のある妻を選んでやろうとした。ひょっとしたら、恋愛やセックスを恐れていることも、気づいていたのかもしれない。

「そうかな……いや、きっとそうだよな。ま、兄貴も付属に戻ってくる気になったみたいだし、正直ホッとしたよ」

達彦にとって今回の出奔は、一世一代の勝負に出たようなものだった。

彼はこの二年間で藤臣の性格を理解した。理事長が二ノ宮の資産や権威を餌にしても、決して釣れない男である、と。達彦に逃げられた理事長が、慌てて藤臣を後継者にしようとしても、ざまあみろ、と突き放されるのがオチだ。そのときこそ、理事長も祖父として、達彦のことを必要としてくれるかもしれない。

だが、藤臣の性格は、達彦の理解の範疇に収まらなかったのである。

沙保里の妊娠という予想外のことが起こっていたとしても、まさか、瀬戸内の島まで達彦を探してくるとは——と半ば呆れたように感心していた。

達彦は、墓参りはもう少し先に延ばしてほしいと頭を下げつつ、

『呼び戻してほしいなんて、ムシのいい考えだったな。付属の小児科に、研修医枠《レジデンス》でいいから使ってもらえるよう、自分から頼んでみるよ。一人前のドクターになるための一歩が踏み出せたら、父さんと母さんに会いに行こうと思う。できれば、おまえも一緒に』

藤臣の努力が実った気がして、静香も嬉しかった。

「ひとつ気になってるんだけど、例のナースさんは？」

「兄貴が付属に戻るなら、彼女も戻るって。アッチのほうも、承知の上みたいだ。そんな彼女のためにも、兄貴もマイペースで頑張ってみるってさ」

もともと、駆け落ちというより、限界を超えて壊れそうになった達彦を、助け出してくれたようなものだという。

「それはよかったねぇ」

そういう女性ならきっと、理事長の攻撃から達彦を守ってくれるのではないだろうか。そう思うと仲よくなれそうな気がして、静香も会ってみたくなる。

ちなみに、達彦のことは〝男のクズ〟と評価していたが……。

心の中で訂正することにした。

「……謝っといたほうがいいかな?」

静香がボソッと呟くと、それを聞いていた藤臣が笑った。

「それって、馬鹿な子って言った件?」

ああ、それもあった、と静香は頭を抱えそうになる。

そのとき、医局から出てくる人影に気づいた。ひとりは年配の女性。もうひとりは沙保里だった。

理事長たちも気づいたらしい。

すると、年配の女性のほうから理事長に近づき、何ごとか話し始めた。

「西さんだ。わたし、ちょっと行って話を」

そう言って走り出そうとしたとき、藤臣に手を掴まれた。

「待った! 沙保里さんの件、さっき聞いたとおりだから。頼むから、よけいなこと、言うんじゃないぞ」

「それは――」

子どもの父親に関する件だった。

静香たちの前ではしれっと嘘をつき続けた沙保里だが、さすがに、達彦と顔を合わせたらそうはいかない。彼女は、三月まで通っていた大学の講師が子どもの父親だと告白した。

とはいえ、婚約以前からの付き合いがあったわけではなく、卒業後に再会し『婚約したんだってね。ずっと好きだったんだ。一度だけでいいから』と誘惑され、流されるまま、一夜を過ごしてしまったという。

『だって、情熱的に告白されたのなんて、初めてだったんですもの。達彦さんは、そんなこと言ってもくださらないし、誘ってもくださらないし』

どうやら、祖父が元大臣という肩書は、男性避けの効果抜群らしい。

ただ、効果があり過ぎて、沙保里は免疫をつける機会がないまま、二十代半ばまできてしまった。

しかも、婚約者となった達彦には、そんな沙保里を気遣う余裕などあるはずもなく。

ただ、講師が沙保里に手を出した理由はなんだろう?

長年に亘り身分違いの教え子を思い続け、講師と学生というストッパーがなくなったことへの衝動。または、婚約の話を聞いて、激情に突っ走ってしまったのか。あるいは、単なるお持ち帰りの言い訳という可能性も捨てきれない。

『四月末に婚約発表って聞かされていたのに、直前に達彦さんがいなくなってしまわれたでしょう？　そのすぐあとに、赤ちゃんのことがわかって』

達彦との婚約は解消になるかもしれない。

沙保里は嬉々として大学まで報告に行ったようだ。ところが、すでに講師は在籍しておらず、大学の事務局で、アメリカに留学したと言われた。

静香ならその時点で、間違いなく確信犯だと思っただろう。

だが、沙保里は思わなかった。妊娠が親にバレたとき、いなくなった達彦の責任にして、とりあえず産んでしまおうと考えたというのだから……。

（さすがお嬢様、超ポジティヴというか、大雑把というか）

その後、二ノ宮理事長が口を挟んできて、話が予想外の方向に進んでしまった。

彼は――血の繋がった赤ん坊なら、何がなんでも二ノ宮の姓を名乗らせたい。達彦には産科医の弟がいる。その弟の子どもとして産めばいい。

などと、とんでもないことを言い始めた。

（やっぱり、自分から言い出したわけね。でも……誰か、止めてよ）

静香はため息しか出てこない。

その上、本来なら結婚だけはパスしそうな沙保里本人が、その代案に乗ってしまう。

『先生とは、いつ連絡が取れるか……安心して子どもを産むためには、結婚しておいたほうがいいでしょう？　それに……一見エリートだけど何を考えているかわからない達彦さんより、藤臣さんは気取ったところがなくて、とっても優しくて親切でしたし』

（それは、相手が妊婦だから！　でも、まあ、気持ちはわからないでもないけど。ドクターの那智って、菩薩様みたいだもんねぇ）

たった今静香に、『よけいなこと、言うんじゃないぞ』と言ったのも、きっと沙保里の負担になるようなことは、という意味だろう。

静香はいろいろ考えた上で、藤臣の手を払った。

「わかってる。でも、わたしは助産師だから……助産師として気がついたことは、ちゃんと言っておきたい。それだけだよ」

きっぱり伝えると、静香はなるべく足音を立てずに沙保里たちに近づいていく。

沙保里の正面に立ったとき、彼女もこちらに気づいた。すると、あからさまに嫌そうな顔をして横を向いたのである。

「どうしました、沙保里さん？　そちらの女性は、あなたのお知り合い？」

「え、ええ、まあ」

言いづらそうにする沙保里に代わって、静香のほうから名乗ることにした。

「初めてお目にかかります、助産師の水元……いえ、那智と申します。先日、沙保里さんの検診に立ち会わせていただきました」

「那智？」

年配の女性が眉根を寄せたとき、

「西さん、彼女が僕の妻です。先日、お目にかかりました。達彦の弟、藤臣です」

静香のあとから駆け寄ってきた藤臣が会釈する。

「ああ、そういえば……それはどうも、娘がお世話になりました」

年配の女性――沙保里の母親は、体面を気にした様子で礼を言った。

沙保里よりひと回り小柄だが、全体の印象はよく似ている。年齢は五十代半ば、ひょっとしたら後半かもしれない。深夜に急遽呼び出されたにもかかわらず、服装も化粧も完璧なので、その辺りはよくわからなかった。

「いいえ、わたしは何もしていません。助産師の出番は、まだまだ先ですし。ただ、初めての妊娠、つわりで大変な時期に大変なことが重なってしまったので」

「自業自得ですわ」

嫌みにならないよう、どうやったら傷心の沙保里を労わることができるだろうか。

そんな静香の思いを、沙保里の母は容赦なくぶった切った。

「まあ、達彦さんに逃げられたショックもあったのでしょうけど、安易に肉体関係を結んだこの子が悪いんです。しかも、嘘までついて、親に恥を掻かせて……おじい様の顔に泥を塗るだなんて、わたくし、実家に顔向けができませんわ！」

「はあ」

どう相槌を打っても、いいことにはなりそうにない。

静香は沙保里の母は無視して、沙保里本人と向き合った。

「とにかく、沙保里さん、もし、相談する相手がいないと思ったら……わたしのことを思い出してくれませんか？　できる限り、力になりたいので」

「いい気味だと思っているんでしょう？」

「は？」

「人のものをほしがって、嘘までついて、みっともない女だと。でも、あたくしにも意地くらいありますから。あなたの力だけは借りません！」

「そう、ですか」

萎れているのかと思ったが、意外にも強く言い返してくる。

ホッとした直後、沙保里は思いがけない言葉を口にした。

「それに、明日、こちらの病院で中絶手術していただくことになりましたから。もう、相談することなどありませんわ」

平然として見えるが、その言葉の裏には、苦渋の思いが込められているように聞こえる。

「明日？　早いですね。もう、決断されたなんて」

驚いた声を上げたのは達彦だった。

「十一週目だからな。中絶を選ぶなら、決して早くはないが」

藤臣はそう続ける。

思えば、彼がずっと気にかけていたのもこの件だった。

中絶手術は、十一週目までは初期、十二週目に入ると中期となる。中期の手術は、人工的に陣痛を起こし流産させるという、分娩に近い形になるのだ。入院も必須となり、費用もかかる。何より、母体への負担が大きくなり、不妊を含む後遺症も心配だった。

沙保里の選択肢を狭めたくないし、将来に禍根も残したくない。そのためにも、一日も早く達彦と連絡を取らねば、と。

「それは、沙保里さん自身の決断？」

静香の問いに、沙保里なら即答すると思われた。

だが――。

「……」

数秒間の沈黙が、彼女の本心ではないだろうか。

静香は続けて、

「沙保里さん、ギリギリなのはたしかよ。でも、まだ十一週目に入ったばかり。あと数日、せめて明日まで、お腹の赤ちゃんとゆっくり話してみてはどう？」

そこに声を上げたのが沙保里の母だった。

「ちょっと、あなた！　なんの関係もないくせに、娘によけいなことを言わないでくださらない!?　沙保里さん、行きますよ！」

静香はあえて無視して、沙保里の前に立ちはだかる。

「誰かに言われたからとか、誰かのせいとかではなく、母親として、自分で決めようよ。不安に思うことがあるなら、話してほしい。わたしも考えるし、他の人がいいなら、一緒に考えてくれる人を紹介するから」

「いい加減になさい!?」

「わたしはお母さんと話してるんです」

「ですから、答えているじゃありませんの!?　わたくしの決めたことに、いったいなんの文句があって……。二ノ宮理事長、この人を黙らせてくださいな!!」

早朝の病院にヒステリックな女性の声が響く。ここが病室のある階なら、さぞや迷惑だったことだろう。

そんな中、男性陣は揃って口を挟みたくない顔をした。

「赤ちゃんのお母さんは沙保里さんです。おばあちゃんは黙っていてください！」

静香は毅然として言いきる。

沙保里の母は、酸欠の金魚のように口をパクパクと動かすだけになった。

「いろいろな事情から、やっぱり産むのはやめますという妊婦さんもいる。その全員に、こういった話はしないから」

「じゃあ、どうして？」

「だって沙保里さん、センターに来たとき、ローヒールだったじゃない。嫌いな女に注意されて、自分の間違いを認めるのって、かなりの勇気が必要でしょう？　でも、赤ちゃんのために履き替えた。それは、産みたいっていう証だと思った」

その勇気がどこからきているのか、そこまではわからない。

講師への愛情か、二ノ宮家に入り院長夫人となるためか、家族への体裁を取り繕うためか、それとも、単純に母性なのか。

考え抜いた末に、沙保里自身が、産みたくない、というならそれでもいい。

「で、でも、先生の連絡先もわからないし、達彦さんはいなくなってしまうし……もう、どうしたらいいのか。それに、あたくし……働いたこともありませんもの。両親に反対されたら、堕ろすしか……」

静香の言葉に心が揺らいだのか、沙保里はハラハラと涙をこぼし始める。

そのとき、達彦が一歩前に出た。

「顧問弁護士に言われました。双方に不貞行為があったのだから、責任を認めたり、謝罪したりはしないように、と。でも、僕の責任は大きいと思っています。だから、結婚以外の方向で、僕にも力になれないでしょうか？」

これを〝ひと皮剝けた〟というのだろうか。

今の達彦なら、立派な小児科医になれそうな気がする。

そんな彼を見て、理事長が文句を言うかと思ったが……。どうやら、もう好きにしろ、といった精神状態らしい。

「助産師の静香さんもそうだし、藤臣も、産科医としてならきっとあなたを見捨てたりしない奴です」

達彦の熱心な言葉に、沙保里の目は輝きを取り戻し始める。

ひょっとしたら、VIPルームを出たところで藤臣が口にした『ひとりの男としては、君の力にはなれない』という言葉を聞いていたのかもしれない。

だがそんなことより……。

「ああ、まあ、産科医としてなら」

藤臣のほうが及び腰に聞こえる。

しかし、彼がそう答える理由は静香にあった。

「見捨てたりしませんが……でも、ダメよ、沙保里さん。言ったでしょう？　誰かが助けてくれるから、というのを理由にしちゃダメ。お産は命がけで、それはお母さんと赤ちゃんの命なの。他の誰も代わることはできないんだから」

誰かに人生の選択を委ねていた沙保里が、自分で決断しようという大事なときだ。ここで簡単に縋りつける手があると思えば、彼女はふたたび安易なほうに流れてしまう。

静香は達彦のほうを向き直ると、

「達彦先生も、そこは忘れないでください。あと、自分の責任と向き合うのは立派なことですけど、沙保里さんにも同じことが言えるので……これは、巻き込まれた家族としての意見です」

「は、はい。申し訳ありません」

達彦は直立不動のまま、腰を折り曲げて謝罪する。

「あ、いえ、そこまでは」

「だから言ったろ。俺の嫁さんは困ってる人間を見捨てたりしないって。厄介な家族でも、切り捨てろとは言わないし、いざとなれば全力で味方になってくれる」

「那智？」

どうやら、島まで迎えに行ったとき、そんなやり取りをしたらしい。

血が繋がっているだけ、面倒で重荷にしかならない家族など、さっさと捨ててくれ。これ以上関わると、大事な奥さんに見捨てられるぞ、と。

内心は、いい加減諦めてほしい、と願っていたこともあり、静香にすれば居心地が悪い。

（えーっと、えーっと……まあ、いいか）

とりあえず、ニコッと笑ってごまかすことにした。

直後、視線を感じてそちらに目を向けると、いつの間にか泣き止んだ沙保里が、訝しむような目で静香を見ていた。

「あなたって、すごく頼りなさそうに見えるのに……」

「あー、それね、よく言われる。ほら、純真無垢な乙女っぽい容姿のせいで、若く見られて困っちゃう、みたいな?」

沙保里は今にも笑い出しそうだが、ギュッと口元を引き締めた。そのまま、クイと顎を上げて胸を張る。

「お母様はあんなふうにおっしゃったけど、おじい様はきっと、あたくしの味方をしてくださると思うの。やっぱり赤ちゃんは産みたいし、だから、おじい様にお願いしてみるわ!」

何をお願いするつもりか、ちょっと怖い気がしないでもない。

だが、彼女が選んで前を向いたなら、それはそれで大丈夫だろう。

「頑張って」

「ええ、でも……もし、おじい様が助けてくださらなかったときは、ここに、相談に来てもいいかしら?」

「もちろん!」

静香が笑顔で答えた直後――。

「沙保里さん！　さあ、早く帰りましょう」

かなり遠くまで離れていた沙保里の母親が、娘の名前を呼んだ。

「すぐ行きます、お母様」

そう答えて母親のあとを追おうとする沙保里の背中に、静香は声をかけた。

「あ、そうだ。あなたのこと、いい気味だとも、みっともないとも思ってないからね。義理の姉妹にはなれなかったけど、友だちなら、なってもいいよ」

沙保里は振り返るなり、早口でまくし立てる。

「助産師って、みんなお人好しなのね。あの、綾川って人も、あなたのこと褒めてばかりだったわ。だから、馬鹿にしてごめんなさい」

後日、『賃貸に住む友だちは初めて』と言いながら、マンションまで来るのだが、それはもう少し先の話である。

エピローグ

『わたしと那智先生は、付き合っていないと言ってきましたが……本当は結婚してます！　それも、夫婦になって九年と四ヵ月です。今まで黙っていてごめんなさい!!』

できるだけ大勢の前で言おう、ということになり、ちょうど昼夜勤のスタッフが集まる引き継ぎで、ふたりの関係を告白した。

『噂の件ですが、二ノ宮理事長は僕にとって父方の祖父です。でも、母方の祖母が八王子で産婦人科の個人病院をやってるので、僕たち夫婦はそっちを継ぎます。あと、妊娠中の婚約者というのは……デマというか、誤解というか、とにかく無関係なんで』

集中砲火を浴び、火だるまになることも覚悟したが……。

あちこちから、『あー、やっぱりねぇ』という声が上がり、気が抜けてしまう。

とくに、藤臣のことを『最悪』と言い、センターには戻ってきてほしくない、とまで言っていた里奈の場合も――。

『あたし、当たってましたよね？　絶対何かあるって思ってたんです！　だって、先輩が那智先生を呼ぶ声って、ちょっとエロかったりするんですものぉ』

嬉しそうにはしゃぐ姿に、静香は目が点になった。

『那智先生のこと、付属の助産師さんから聞いたんですよ。付属でチヤホヤされて、いい気になってるんだろうなぁって思ってたのに、ホントは孤立して酷い目に遭ってたって』

それには理由がある。

きっかけは、達彦が出奔し、理事長に後継者がいなくなった、という点。

いくらトップに君臨しているとはいえ、理事長が高齢なのは間違いない。しかも表向き、後継者不在に気落ちした理事長が入院まですることになった。すると、とたんにこれまで鳴りを潜めていたアンチ理事長派の声が大きくなったという。

理事長はそんな空気など一切無視して、血の繋がったもうひとりの孫に理事長代理を任せる、と言い出したのだ。

そこに藤臣が登場しても、簡単に受け入れてもらえるわけがないだろう。やたら仕事を押しつけられたり、そうかと思えば手術室にも入れてもらえなかったり……。

昨夜も、センターに入院中の妊婦を、藤臣の判断で受け入れたため、医師になって二ヵ月という落合しか助手にしてもらえなかった。

(でも、新生児科まで巻き込むのは、絶対にやり過ぎ!)

静香は思い出すだけで手足が震える。

だが、里奈にすれば、それも藤臣への加点となるらしい。

『それでも、いつもと変わらない那智先生の顔を見たら、ホッとしちゃって。それに、戸川さんのオペもすごかったって聞いて、やっぱり、那智先生最高ですよ!』

菩薩顔で手術室から出てきた藤臣だが、静香が手術室を出たあと、さらに出血したらしい。慌てふためく落合医師を落ちつかせながら、彼は怯むことなく手術を終わらせた。結果、輸血までは至らず、子宮も無事温存。回復を見ながらにはなるが、半年から一年程度で次子の妊娠出産にも挑めるという。

早苗はまだ付属病院で経過観察中だが、今日の正午には、赤ん坊と一緒にセンターに戻ってくる予定だ。

それもこれも藤臣のおかげ、と言い、里奈は『ドクターなんて、ろくでなしの集まり』という前言を撤回しようかなと笑った。


鍵を開け、ふたり一緒に部屋の中に入る。

昨夜ばかりは仮眠もろくにとっていないため、かなりつらい。藤臣はもっと休んでいないのだから、きっと静香以上に疲れている。

そのはずなのに……。

ドアが閉まり、静香は靴を脱ぐ間もなく、抱きしめられ——キスされていた。

「ん、あ……ぁ、ん、待って……まだ、靴、脱いで……な、い」

キスの合間に抗議するが、まるでやめる気はないようだ。

彼の指が静香の頭に触れ、ひとつに纏めていた髪がほどかれた。そのまま、髪を梳くようにして、長い指で頭を撫でる。

「あー、やーっと、帰ってこられた。子作り解禁になって、夜も昼もエッチしてやるって思ってたんだぞ。それを、あのクソじじいめ」

唇が離れるなり、藤臣は文句を言い始めた。

首筋に情熱的なキスをして、ついでに、サブリナパンツのボタンを外し、ファスナーを下ろしながらというところが、ずいぶん器用になったと思う。

静香は苦笑しつつも、彼のネクタイを緩めた。

シャツのボタンを外していき、目に留まった鎖骨に優しく口づける。

「達彦先生、いい人っぽくてよかったね」

「あー、うん、でも、あんまり優しくしなくていいから」

「なんで？」

「それは……おまえに、惚れたら困る」

憮然として呟かれ、静香は思わず噴き出してしまった。

その直後、サブリナパンツがストンと玄関の床に落ちた。下半身がショーツ一枚になり、急に心許なくなる。

「俺のも、脱がせてくれよ」

「こ、ここで？　靴脱いで、寝室……せめてソファとか……あっ」

ふいに、ショーツのクロッチ部分を撫でられ、甘い声が漏れてしまう。

彼の指は薄い生地を引っかくように、何度も往復した。しだいに、じわじわと温もりを感じ始める。

「ん？　ダメだよ、しーちゃん。パンツ濡らしちゃ」

「やぁ、もう、そういうこと……言わない、で」

「でも、ここ、ほら、ドンドン湿ってきてるからさ。さて、パンツの中はどうなってるかな？」

言うなり、藤臣の指がショーツの隙間から滑り込んだ。

すでに愛液でトロトロになっている蜜窟をかき混ぜられ、クチュクチュと濫りがましい音が玄関に広がる。

「おー、すごい。もう、グッショリだ」

「なっ、那智の、馬鹿ぁ……あっ、あっん、やぁ」

一本だった指が二本になり、蜜襞をグリグリとかき回す。

藤臣の唇が耳に押し当てられ、

「そうそう、離婚届にサインしようとした〝おしおき〟をしとかないと」

これ以上、何をするつもりだろう、と思ったときだった。

彼はショーツの上から親指を押しつけ、淫芽を探し始めた。静香の身体がピクンと反応したとたん、荒々しくまさぐる。

「あっ……はぁうっ、やっ、あ、あ、あ……やぁぁっ！」

ガクガクと腰を戦慄かせ、ショーツだけでなく、彼の指まで濡らしていく。

「達《い》っちゃった？　でも、ここ玄関だからね。あんまり大きい声を出したら、廊下を歩くご近所さんに聞かれるぞ」

静香は肩で息をしながら、

「だっ、誰のせい!?」

「俺のせい。だから、そろそろ楽にしてくれよ。今日はスーツだから、ジャージに比べてけっこうつらい」

余裕のある口調に若干ムカつきながら、静香はズボンのベルトに手を伸ばした。

そこはすでにギチギチに張り詰めていた。ズボンの前を突き破ってしまいそうで、片手で押さえながら順番に外していく。

ファスナーを全開にして、ボクサーパンツに手をかけた瞬間——男性自身が弾けるようにして飛び出してきた。

「いつもより……大きく見えるんだけど」

「ああ、ごめん、成長期だから」

しごく真面目な顔で言われたら、静香も笑うに笑えない。

そうしている間にも、背中を玄関のドアに押しつけられて……静香が口を開く前に、片脚を持ち上げられていた。

湿ったショーツ越しにペニスで擦られ、達したときの悦びがすぐさま甦ってくる。

「やっ、んっ……もう、意地悪、ばっかり」

押しつけられるだけで、大きさも硬さも充分に感じる。

このまま挿れられたら、と思うだけで、挿入されたときの充実感、さらには、蜜穴を抉られるような快感を想像して下肢が震えた。

長い年月をかけて刻み込まれた悦びに、躰のほうが先に反応してしまう。

「コレがほしい？」

静香はコクコクとうなずく。

「どうしようかな。もう少し、おしおきしようかなぁ」

「やだ、藤くん……お願い、きて」

彼の瞳をジッと見上げ、数秒息を止めて、震える声でおねだりする。

見る間に、藤臣の喉がゴクリと鳴った。彼はショーツをヒップから捲るなり、そそり勃つ雄身で静香の中心を突き上げた。

「あぁうっ！」

バランスを取るため、静香は自らドアに身体を預ける。

ひと息に奥まで突かれ、床についた足が宙に浮く感じがした。

彼とひとつになっている。ただそれだけのことに、今日の静香は至福の喜びを感じた。

胸が熱くなり、涙までこぼれそうだ。

離れていたのは十日程度。以前はもっと長い期間、会えないこともあった。電話連絡すらままならないときもあったのに、こんなふうに思ったことはない。

（わたし、けっこう堪えてたのかも。寂しかったっていうか、心細かったっていうか）

彼の首に手を回し、ギュッと抱きつく。

「どうした？」

「……寂しかった」

静香は小さな声でそれだけを口にする。

藤臣の答えは、

「俺も」

そのひと言だった。

たったそれだけなのに、漠然と感じていた不安が静香の中から消えていく。

突き上げられ、両足とも玄関の床から離れる。

体重が一点に集中して、まるで杭を穿たれたように感じた。躰の一番深い場所で繋がっている。

「水元……好きだ。愛してる」

「わ、わたしも、好きぃ」

抱きついたまま、そう答えるのが精いっぱいだった。


「ねえ、帰ってきてから二時間くらい経ってない？　お風呂どころか、ベッドまでもたどりつけてないんだけど」

全裸でリビングのソファに転がりながら、静香はポツリと言う。

「それは……ああ、そうだ。おまえが、リビングに入るなり服を脱ぎ始めたからだろう?」

すぐ後ろから、気怠そうな声が聞こえてきた。

スプーンポジションというのだろうか。ふたりの身体がぴったり重なり、どうにも離れ難いというのが本音だ。

「だって、中途半端だったから……」

抱き合ったまま、藤臣に抱えられてリビングまで来た。

ラグマットの上に降ろされたとき、太もも辺りで引っかかっていたショーツを脱ぎ、ついでに上まで全部脱ぐことになっただけだ。

『悪い子だな。そうやって、すぐに俺をその気にさせるんだから』

そう言って、リビングで第二ラウンドに突入したのは藤臣のほうである。

ただ、もちろん、静香もその気になっていたわけで……。

「まあ、おしおきだからな。これでも、けっこうショックだったんだぞ」

「あ、離婚届にサインしたのかもって疑ったこと？」

本気で疑ったわけではない。理事長の理不尽な責任転嫁、あるいは悪役さながらの屁理屈に押しきられ、サインせざるを得なかったのかもしれない、と思っただけだ。

だが、藤臣がショックを受けたところは別だった。

「だっておまえ、俺が浮気するかもなんて、欠片も疑ってないだろ？」

「あったりまえじゃない」

「でもおまえは……誰かを助けるためなら、俺と離婚することになってもって、思ったんだよなぁと」

「うん、だって、那智ならなんとかしてくれると思って」

気分がフワフワしていたせいかもしれない。

静香は深く考えず、思ったままを口にする。

「だって、わたしが損するようなことをしても、那智がフォローしてくれるから、プラマイゼロになるんでしょう？」

「は？」

「絶対、理事長の悪だくみを出し抜くくらいしてくれると思って。実際、してくれてたじゃない」

回された腕をスリスリと撫でながら、静香はクスクス笑う。

直後、熱い吐息に耳たぶを甘噛みされた。

「やぁんっ」

「おまえなぁ。どんだけ俺を夢中にさせたら気が済むんだ？」

「嫌いになった？」

「いや、もっと好きになった」

このとき、ふたりの願いはふたつあった。

ひとつは、オンコールの電話がかかりませんように。

もうひとつは、赤ちゃんの産声とともに、『おめでとうございまーす』のシャワーが降り注がれる日がきますように。

そして、ふたつ目の願いが叶うのは、結婚十周年を迎える静香の誕生日の二週間後になるのだが……。

それに気づくのは、もう少しだけ先のことである——。

あとがき

こんにちは、御堂《みどう》です。あとがきまで目を通していただき、ありがとうございます。

久しぶりのオパール文庫さん、書き下ろしでは初のドクターヒーローです。制服フェチの私としましては、ドクターの白衣とパイロットの制服は双璧！　と思っているので、プロットが通って嬉しかったです。

ちなみに、那智は私の中でずいぶん昔に生まれたキャラなんですよ。つらいことがあっても人のせいにはせず、マイナスの感情は笑い飛ばして、敵にも手を差し伸べることのできる好漢。拙著の中ではベスト3に入るヒーローです！

イラストは辰巳仁《たつみじん》先生に描いていただきました。幸せいっぱいのふたりの表紙絵は、見るだけでほっこりして胸が温かくなります。なんといっても、うちには滅多にいない、終始仲のよいカップルなので。辰巳先生、今回もどうもありがとうございました！

本作は半年がかりで書き上げました。亀の歩みのような執筆スピードにお付き合いくださった担当様には、足を向けて寝られません。本当にありがとうございました。

最後に、この本を手に取ってくださった〝あなた〟に、心からの感謝を込めて。

またどこかでお目にかかれますように――。

御堂志生

ありがとうございました！

いちゃらぶもだもだ大好きな私には

「子供の頃の約束で～」とかいう浪漫溢れる

シチュは大好物です！

そして、ごくごく自然にらぶらぶもだもだしている

カップルは癒しでございます！

更に白衣も加わって素晴らしさ倍々でございます！

辰巳 仁

カバーイラストで描かれた
シーンのあとで♥

那《な》智《ち》夫《ふう》婦《ふ》の愛《あい》は尊《とうと》い

オパール文庫をお買い上げいただき、ありがとうございます。
この作品を読んでのご意見·ご感想をお待ちしております。

ファンレターの宛先
〒102-0072　東京都千代田区飯田橋3-3-1
プランタン出版　オパール文庫編集部気付
御堂志生先生係／辰巳 仁先生係

オパール文庫＆ティアラ文庫Webサイト『L'ecrin《レクラン》』
https://www.l-ecrin.jp/

著　者——**御堂志生**(みどう しき)
挿　絵——**辰巳 仁**(たつみ じん)
発　行——**プランタン出版**
発　売——**フランス書院**
〒102-0072　東京都千代田区飯田橋3-3-1
電話(営業)03-5226-5744
　　(編集)03-5226-5742
印　刷——誠宏印刷
製　本——若林製本工場

ISBN978-4-8296-8457-3 C0193

Opal Label オパール文庫

Op8415

好評発売中!